# TEUFELSTRILLER

Lena Avanzini

# Teufelstriller

Obelisk Verlag

**Bibliografische Information der Deutschen Nationalbibliothek**
Die Deutsche Nationalbibliothek verzeichnet diese Publikation
der Deutschen Nationalbibliografie;
detaillierte bibliografische Daten sind im Internet
unter http://dnb.d-nb.de abrufbar.

Neue Rechtschreibung

Cover: h.o. pinxit
Bild: © photocase.de/emoij
Satz: Barbara Herrmann, Freiburg
Druck und Bindung: Reálszisztéma Dabas Druckerei gAG
ISBN 978-3-85197-791-2

www.obelisk-verlag.at

# Prolog

Vorsichtig richte ich mich auf. Überall ein Knistern und Knacken. Ein züngelndes Zischen wie aus einem Schlangennest. Ich schüttle die Benommenheit ab und rapple mich hoch. Feuer tanzt auf der zerbeulten Blechschnauze des VW Polo. Es breitet sich aus.

Ich humple näher an das brennende Wrack heran. Ganz nahe. Sehe ihn an seinem Gurt reißen. Etwas muss sich verklemmt haben. Er schlägt um sich, kann sich nicht befreien.

Schon kriechen die ersten Flammen durch die zerbrochene Windschutzscheibe ins Wageninnere und zucken nach seinem Gesicht.

Sein Schrei zerreißt die Dämmerung, schrill wie ein schlecht gespieltes Saxophon. Der Mund ist zu einem klaffenden Loch verzerrt. Jetzt sieht er mich an und bellt etwas.

Es klingt wie: „Hilf mir!“

Noch wäre Zeit, den Gurt mit dem Taschenmesser durchzuschneiden und ihn herauszuziehen; es zumindest zu versuchen. Doch ich bleibe stehen, bewege mich nicht. Balle die Hände zu Fäusten.

Seine Augen springen fast aus ihren Höhlen vor Angst. Wie sie flehen und betteln! Keine Spur von Überheblichkeit liegt in ihnen. Verschwunden ist das zynische

Lächeln, das seine Demütigungen immer begleitete. In seinem Blick lese ich nur Panik und … Gewissheit. Er begreift, dass ich ihm nicht helfen werde.

Sein Hemd fängt Feuer. Dann kann ich nichts mehr erkennen, nur noch Flammen und schwarzen Rauch. Die Schreie verschmelzen zu einem heiseren Brüllen, das nichts Menschliches an sich hat.

Wenige Herzschläge später reißt das Brüllen ab, so plötzlich, wie man eine Schnur durchschneidet.

Es ist vorbei.

Wärme breitet sich in meinem Magen aus, eine gute Wärme, die mich die Schmerzen vergessen lässt. Ich spüre weder die Prellungen noch die vielen Schnitte, die ich mir beim Sturz durch die Windschutzscheibe zugezogen haben muss. Nur diese klebrige Flüssigkeit, die über meine Wangen und Hände rinnt.

Später, als die Sanitäter meine Wunden versorgen und mich in eine knisternde Metallfolie einwickeln, während sie flüsternd über den tragischen Unfall sprechen, ist das Gefühl immer noch da. Die Wärme, die mich einhüllt wie Musik. Wie der satte Klang tiefer Streicher. Wie das Vibrieren der Bässe in einem voll besetzten Orchester.

Noch nie habe ich mich so frei gefühlt.

# 1

## Fünf Jahre später

Olivia ließ sich auf einen Stuhl in der letzten Reihe fallen und lehnte sich zurück. Ihr Herz klopfte jetzt ruhiger. Aber das Adrenalin, das es vor Kurzem bis in die hintersten Winkel ihres Körpers gepumpt hatte, wirkte noch nach. Ihre Finger simulierten Trommelwirbel auf den Oberschenkeln und die Ohrläppchen pulsierten, vermutlich leuchteten sie scharlachrot.

Und wenn schon. Sie wischte die feuchten Handflächen an der Hose ab.

Was für ein geiles Gefühl! Diesmal hatte sie ihr Marimba-Solo nicht versemmelt, sondern astrein abgeliefert. Trotz des Zitterns, das sie auf der Bühne überfiel, trotz des kalten Schweißes auf der Stirn hatte sie den Auftritt genossen, besonders das anerkennende Nicken des Dirigenten zum Schluss und den Applaus natürlich. Vielleicht wäre Schlagzeugerin doch kein so schlechter Beruf?

Sie seufzte. Seit sie das Musikgymnasium besuchte und regelmäßig üben musste, war die Begeisterung für ihr Instrument beträchtlich geschrumpft. Und der alte Kinderwunsch, Affenforscherin zu werden, war wieder aufgeflammt, so naiv er sich auch anhörte. Zum Glück brauchte sie sich noch lange nicht zu entscheiden.

Sie richtete ihre Augen auf Jay, der schräg vor ihr saß. Im selben Moment drehte er sich um, als hätte er ihren Blick gespürt. Er zwinkerte. Seine Mundwinkel zuckten und wanderten in Richtung Ohren. Einen Lidschlag lang blitzte Stolz hinter seinem breiten Grinsen hervor, dann schien er sich wieder im Griff zu haben. Zum Glück, denn was gab es Peinlicheres als einen stolzen Vater?

Das Konzert ging weiter. Neugierig linste Olivia in das Programmheft ihrer Nachbarin.

*Giuseppe Tartini (1692–1770), Teufelstrillersonate in g-Moll, 3. und 4. Satz,* las sie. *Yasemin Gökdal, Violine und Lisa Baumann, Klavier.*

Barockmusik, oh weh. Unweigerlich dachte sie an gepuderte Perücken, überflüssige Schnörkel und verstaubte Rüschengewänder. Das war nicht ihre Welt. Trotzdem klatschte sie begeistert, als Yasi und Lisa die Bühne betraten und sich gemeinsam verneigten. Sie betrachtete ihre Freundinnen und musste lächeln. Die beiden hätten wirklich nicht unterschiedlicher sein können: Lisa, die große Blonde mit den weiblichen Rundungen, trug ein tief ausgeschnittenes schwarzes Minikleid, das ein bisschen zu klein war. Genau den Hauch zu klein, den Jungs umwerfend fanden. Souverän nahm sie am Flügel Platz und schraubte in aller Ruhe den Klavierstuhl in die passende Höhe. Mit einer lässigen Kopfbewegung schüttelte sie ihre Mähne aus dem Gesicht und warf einen lasziven Blick in die Runde.

Yasi dagegen hielt den Blick gesenkt. Der bodenlange Rock, in dem ihr schmächtiger Körper fast versank, ließ sie wie Aschenputtel neben der schönen Stiefschwester aussehen. Eine rosafarbene Schleife zierte ihr Haar, wie kleine Mädchen sie trugen. Die hochgeschlossene Bluse passte farblich perfekt dazu.

Jetzt hob Yasi die Violine ans Kinn. Sie setzte den Bogen an und schaute zu Lisa, die zurücknickte. Der erste Geigenton erklang. Rein und klar erhob er sich über Lisas Begleitakkorde. Warm und satt füllte er den Raum, schwoll an und wieder ab und mündete in einen eleganten Triller. Eine melancholische Melodie entfaltete sich, die Olivia an ihre Lieblingssüßigkeit erinnerte: an zartbittere Edelschokolade mit Preiselbeerfüllung.

Auf den langsamen Satz folgte nahtlos ein schneller. Schon mit dem ersten Takt verwandelte Yasi sich vom unscheinbaren kleinen Mädchen in eine temperamentvolle Künstlerin. Ihr Bogen flog über die Saiten, er hüpfte, tanzte, strich und schlug. Es hätte Olivia nicht gewundert, wenn Funken geflogen wären. Sie konnte gar nicht mehr verstehen, dass sie Barockmusik je für langweilig gehalten hatte. Yasi brachte die Sonate zum Grooven und entfaltete dabei eine Virtuosität, die Olivia den Atem raubte.

Jay hatte einmal erwähnt, dass auch die berühmtesten Geiger dieses Werk fürchteten, weil es ihnen technisch und musikalisch alles abverlangte. Besonders der vierte Satz mit seinen Doppelgriffen und Trillern. Doch Yasi bewältigte die Teufeleien Tartinis, als wären sie ein Kinderspiel.

Noch ehe der letzte Ton verklungen war, brodelte die Aula des Musikgymnasiums unter dem Applaus der Zuhörer.

„Bravo!“, schrie Olivia und klatschte, bis ihre Handflächen brannten.

Nach dem Konzert scharte sich ein Häuflein Gratulanten um Yasi und Lisa. Lisas Freund Max drückte Yasi vorsichtig, als hielte er ein rohes Ei in Händen. Dann ging er mit hoch erhobenem Haupt an Lisa vorbei, ohne sie eines Blickes zu würdigen. Die verdrehte die Augen und zuckte mit den Schultern. Das hieß wohl, dass sie sich tatsächlich von Max getrennt hatte, wie es seit Tagen vorherzusehen war. Schon wieder! Olivia schüttelte innerlich den Kopf. Sie fragte sich, wie lange es diesmal dauern würde, bis sich die beiden wieder versöhnten. Obwohl sie Lisa wirklich gern mochte, wunderte sie sich, dass der gutmütige Max ihr Gefühlschaos nicht längst satt hatte.

Philip Lessiak, der heute noch blasser aussah als sonst, überhäufte Yasi mit Lob. Sie wand sich. Komplimente machten sie immer verlegen. Lisa dagegen nahm seine Gratulation huldvoll entgegen und genoss die Aufmerksamkeit, als hätte sie mit ihren paar Begleitakkorden die Hauptrolle gespielt.

Jay drängte sich vor. Er schob Philip zur Seite und legte seine Hand auf Yasis Schulter.

Jetzt kann er seinen Stolz nicht mehr verbergen, dachte Olivia und grinste.

„Tops!“, rief er aus. „My oath!“ Wie immer in Momenten echter Begeisterung verfiel er in seine Muttersprache. Und als er noch „Wundervoll, Yasemin, ganz wundervoll“, hinzufügte, wusste Olivia, dass ihr Vater kein größeres Lob hätte aussprechen können. Kurz flammte Neid auf, den sie erschrocken wegwischte. Denn wer verdiente so ein Lob, wenn nicht seine talentierteste Geigenschülerin? Und wem gönnte sie es, wenn nicht ihrer besten Freundin?

„Und wie war ich?“, fragte Lisa und schenkte Jay einen ihrer berühmten Augenaufschläge.

„Frag lieber nicht!“ Er musterte sie mit gerunzelter Stirn „Beinahe du hättest die Aufnahme geschmissen mit diese abrupte Tempowechsel.“

*Beinahe hättest du,* korrigierte Olivia im Stillen. *Mit diesen abrupten Tempowechseln.*

„Ich verstehe nicht, wie kann man machen so viele Fehler in so wenige Noten.“

Lisa prallte zurück, als hätte Jay sie geschlagen. „Aber …“ Flammende Röte überzog ihr Gesicht.

„Zu deinem Glück Yasemin hat nicht sich rausbringen lassen.“

Lisa schoss ihm einen giftigen Blick zu. Dann drehte sie sich um und stakste hinaus.

Jay wandte sich wieder an Yasi. „Trotzdem die Aufnahme ist toll geworden, ich bin sicher.“

„… ist die …“, murmelte Olivia.

„By the way, die Stipendium von die Bartlmä-Messner-Stiftung ist ausgeschrieben. Ich möchte gerne, dass du bewirbst dich, Yasemin. Es geht um viel Geld. Damit du kannst an einer Musikhochschule studieren.“

Yasis Augen wurden groß und rund. „Aber es … es gibt doch bestimmt ältere und bessere Schüler, die …“, stammelte sie und drehte sich halb zu Philip um, der wie gebannt auf Jays Lippen starrte.

„Natürlich im ganzen Land da gibt es einige Geiger, who are keen on it – wie sagt man?"

„Die scharf darauf sind", half Olivia aus.

„Schon zweimal Schüler von mir haben die Stipendium bekommen. Sie waren nicht halb so talentiert wie du. Ich bin sicher, du machst das Rennen."

Yasi strich sich eine Haarsträhne hinters Ohr. Sie schwieg, doch ihre Augen strahlten.

„Allerdings du musst nach Wien gehen im nächsten Schuljahr. Oder nach München. Ist das okay für dich?"

Olivia knuffte Yasi in die Seite. „Hey! Das ist eine Riesenchance. Sag schon Ja!" Sie würde ihre Freundin zwar vermissen, aber sie konnten sich zumindest an den Wochenenden sehen und in den Ferien.

„Sicher. Das ist es ja, was ich mir immer gewünscht habe. In München hätte ich sogar Verwandte. Ich hoffe nur, Papa erlaubt es."

„Das wird er", sagte Jay. „Don't worry, my dear. Das wird er."

Als Olivia sich auf den Heimweg machte, sah sie Lisa bei den Garderoben stehen. Sie wischte mit einem Taschentuch in ihrem Gesicht herum und wirkte total aufgelöst.

Wenn es um Musik ging, war Jay manchmal zu hart. Am liebsten wäre Olivia hingegangen und hätte Lisa getröstet. Doch da steuerte Philip auf Lisa zu, strich ihr eine Haarsträhne aus der Stirn und legte den Arm um sie. Ein schmales Lächeln stahl sich auf ihre Lippen.

Sie wird schneller über die Schlappe hinwegkommen, als man „Giuseppe Tartini" sagen kann, dachte Olivia und verließ das Schulgebäude.

# 2

So euphorisch ihre Stimmung nach dem Konzert gewesen war, so tief sank sie im Lauf des nächsten Vormittags. Bis in den Keller. Der Lenz hatte sie vor der ganzen Klasse für die schlechteste Mathearbeit aller Zeiten gerügt. Das Schuljahr hatte kaum begonnen und sie stand bereits auf einer glatten Fünf. In Physik wurde sie aufgerufen, den Stoff der letzten Stunde zu wiederholen und handelte sich prompt ein Minus ein, in Geschichte kassierte sie ein weiteres Minus für mangelhafte Mitarbeit. Ihre Banknachbarin Yasi, die sonst immer fleißig einsagte, war in irgendwelche Träumereien versunken und ließ Olivia total im Stich. Als ob das nicht ausreichte, hatte Lisa in der großen Pause die ganze Klasse zu einer Party eingeladen, weil ihre Eltern ein paar Tage verreisten. Olivia hasste Partys.

Und nun kam sie nach Hause und zu allem Überdruss roch es nach Fisch. Jay stand am Herd, klapperte mit Töpfen und summte vor sich hin. Wieso musste er immer so schrecklich gute Laune haben?

Wortlos ließ Olivia sich auf die Eckbank plumpsen.

„Hi Darling! Wie war's in der Schule?" Er tänzelte zu ihr und drückte ihr einen Kuss auf die Stirn.

„Geht so."

„Habt ihr Mathe zurückbekommen?"

Olivia presste die Lippen zusammen.

„Sag schon!"

„Ich hab's verbockt", murmelte sie.

„Bloody! Du nimmst die Schule nicht genug ernst."

„Vielleicht bin ich einfach zu blöd für Mathe."

„Eher zu faul, ich glaube."

„Glaube ich", korrigierte sie.

„Den ganzen Tag du treibst dich rum oder du bist beschäftigt zu pflegen irgendwelche kranke Tiere."

„Ich werde mehr lernen, ich verspreche es. Die nächste Arbeit wird positiv."

„Bis dahin Weggehen ist gestrichen. Keine Disco, keine Besuche bei Freundinnen. Hast du verstanden?"

„Morgen Abend gibt Lisa eine Party. Da muss ich hin. Hab's versprochen."

„Aber du hasst Partys!"

„Lisa rechnet mit mir. Sie ist schließlich meine Freundin."

„Dann sie wird Verständnis haben, dass du musst Mathe lernen." Jay spielte mit seinem Ohrläppchen. „Come on, du versprichst mich, dass du nicht hingehst?"

„Mir. Ja, ja, ich versprech's." Hinter ihrem Rücken kreuzte Olivia die Finger und versuchte, das Thema zu wechseln. „Ist das Essen fertig? Ich habe einen Riesenhunger."

Jay nickte. „Heute es gibt Lachsfilets."

„Gibt es. Na toll. Ich bin Vegetarierin. Schon vergessen?"

„Eben. Wenn du kein Fleisch isst, dann ich mache uns öfter Fisch."

„Mache ich uns …“ Sie trommelte auf die Tischplatte. „Fische bestehen auch aus Fleisch. Fischfleisch.“

„Unsinn!“ Er schüttelte den Kopf. „Kids brauchen genug Eiweiß.“

„Ich bin kein Baby mehr. Und ich esse keine toten Tiere.“

„Du wirst noch eine Mängel … Wie sagt man?“

Olivia seufzte. „Nein, ich bekomme keine Mangelerscheinung.“ Sie ging zum Kühlschrank und nahm einen Becher Joghurt heraus. Mit einem Ruck riss sie den Aluminiumdeckel auf und leckte ihn ab. „Ich esse ja genügend Milchprodukte.“

Jay teilte Reis und Gemüse aus. Er sah vorwurfsvoll auf Olivias Joghurtbecher, während er sich ein Stück Lachs in den Mund schob. Sie aßen schweigend.

Um zwei Uhr erschien Philip zur Geigenstunde, pünktlich wie jeden Freitag. Jay verschwand mit ihm in den ersten Stock, in sein Studio. Olivia räumte die Teller in den Geschirrspüler und grübelte darüber nach, wie sie um das Ausgehverbot herumkommen konnte. Da Jay fast jeden Abend zu irgendeiner Probe musste, würde das wohl nicht so schwer werden. Sie hasste es zwar, ihn zu hintergehen, aber er ließ ihr keine andere Wahl. Lisas Party war ein Pflichttermin.

Olivia verdrehte die Augen. Die halbe Klasse würde da sein und viele Leute, die sie gar nicht kannte. Ein Teil würde sich besaufen oder bekiffen, der Rest auf Teufel komm raus knutschen. Nur sie würde wieder mal daneben stehen und sich so überflüssig fühlen wie eine elfte Zehe.

*Schon verrückt. Ich belüge Jay. Und wozu? Damit ich zu einer Scheißparty gehen kann, auf der ich mich zu Tode langweilen werde.*

Wenn sie zu Hause bliebe, würde Lisa ihr das nie verzeihen. Olivia hoffte, dass Yasi auch zur Fete kam. Dann konnte sie sich wenigstens mit einem normalen Menschen unterhalten, während der Liebes- oder irgendein anderer Rausch die übrigen Partygäste zu ferngesteuerten Wesen machte, mit denen nichts anzufangen war.

Das Telefon klingelte und riss sie aus ihren trüben Gedanken.

„Olivia Harrison."

„Hi, Liv. Da ist Lisa."

Hoffnung keimte auf. Ob Lisa die Party absagen oder auf unbestimmte Zeit verschieben wollte? „Wieso rufst du am Festnetz an?"

„Weil ich Jay sprechen möchte. Ist er da?"

„Er unterrichtet gerade. Da darf ich ihn eigentlich nicht stören. Soll er dich abends zurückrufen?"

„Nein. Es ist wirklich wichtig. Bitte hol ihn ans Telefon."

Merkwürdig. Was konnte Lisa so Dringendes mit ihrem Vater zu besprechen haben? „Ähm also …"

„Ich habe die ganze Nacht kein Auge zugemacht nach seiner harten Kritik gestern. Das kann ich so nicht auf mir sitzen lassen. Ich habe mir vorgenommen, mit ihm darüber zu sprechen und zwar jetzt gleich."

Lisas Stimme klang wild entschlossen. Jays Tadel musste ihr wirklich sehr nahe gegangen sein.

„Okay, wie du meinst. Einen Moment."

Olivia legte den Hörer hin und ging in den ersten Stock. Vor Jays Studio blieb sie stehen, horchte an der Tür.

Eine aufsteigende Tonfolge erklang, die in der Höhe abbrach.

„Leichter, Philip! Es muss leichter klingen." Sogar durch die Tür konnte man noch die Ungeduld in Jays Stimme wahrnehmen. „Du spielst sauber, aber Leichtigkeit, Eleganz, Esprit, das alles fehlt. Dein Mozart klingt ordentlich, aber langweilig. Gefällt dir diese Stück?"

„Es ist eines meiner Lieblingsstücke von Mozart!"

„Dann ich will das hören."

„Im Moment schaffe ich es leider nicht, mehr als fünf Stunden zu üben. Im Maturajahr drehen alle Lehrer durch und ich muss …"

„The point is, du sollst weniger üben, Philip. Mach dich locker. Leichtigkeit man kann nicht zwingen. Sie kommt zu dir oder sie kommt nicht."

„Aber …"

Olivia klopfte. Sie hatte schon zuviel gehört, schließlich ging sie das Gespräch nichts an.

„Ja?"

„Entschuldigt bitte. Telefon. Lisa will dich sprechen, Jay. Anscheinend ist es sehr wichtig."

Mürrisch legte er den Bleistift aus der Hand und brummelte etwas Unverständliches, ehe er hinausging.

Aus dem Augenwinkel sah Olivia, dass Philip lächelte.

An seiner Stelle wäre ich auch froh über die Unterbrechung, dachte sie, zog sich in ihr Zimmer zurück und beschloss, das Mathebuch zumindest aufzuschlagen.

# 3

Schon von Weitem hörte sie das Jaulen der E-Gitarren. Als sie den Kellerraum der Baumanns betrat, herrschte bereits voller Betrieb. Einige Gestalten hopsten herum wie von wilden Affen gebissen. Durch den Zigarettenqualm machte sie Philip aus, der mit Melanie quatschte. In einer Ecke saßen ein paar Jungs aus der Achten, die Olivia nur vom Sehen kannte, und ließen einen Joint im Kreis gehen. Dann fiel ihr Blick auf einen schlaksigen Typen, der alleine etwas abseits stand. Ihr Herz klopfte schneller. Es war Fabian, Max' bester Freund. Er schüttelte seine dunkle Lockenmähne, packte seine Bierflasche lässig am Hals und führte sie unendlich langsam zum Mund. Plötzlich drehte er den Kopf und sah Olivia direkt in die Augen. Sie zuckte zusammen, fühlte sich ertappt. Hitze leckte über ihr Gesicht. Sie musste nicht in den Spiegel schauen, um zu wissen, dass ihre Wangen jetzt signalrot leuchteten. Rasch wandte sie sich ab und ging auf Lisa zu, die mit der Stereoanlage beschäftigt war.

„Ich dachte schon, du kommst nicht mehr", sagte Lisa.

„Ich musste warten, bis Jay zur Probe gefahren ist. Er hat mir Hausarrest aufgebrummt."

„Wegen der Fünf in Mathe?"

Olivia nickte.

„Und wenn er vor dir zurückkommt?"

„Dann steige ich durchs Kellerfenster ein und tue so, als hätte ich die halbe Nacht geübt." Sie zwinkerte.

„Welches Kellerfenster?"

„Das Fenster zu meinem Übungsraum. Ich habe es geschlossen, ohne es zu verriegeln. Schlau, was?"

„Respekt!" Lisa grinste. „Dein Vater verdient es auch nicht anders. Bei mir ist er unten durch."

„Weil er dich kritisiert hat?"

„Vor allen Leuten! Außerdem stimmt es nicht, dass ich so schlecht gespielt habe. Vielleicht waren ein paar falsche Töne dabei, aber …" Ruckartig ließ Lisa ihre Schultern, die langsam nach oben gewandert waren, wieder fallen. „Ist ja auch egal. Ich habe ihm jedenfalls gesagt, dass ich Yasi nicht mehr begleiten werde. Soll sie sich doch nach einer anderen Pianistin umsehen."

„Was kann denn Yasi dafür? Ihr seid doch befreundet …"

„Befreundet", fauchte Lisa und deutete mit dem Kopf auf das Buffet. Erst jetzt sah Olivia, dass dahinter ein rotes Sofa stand, auf dem Yasi saß, ihr Gesicht halb hinter dem dunklen Vorhang ihrer Haare verborgen. Der Junge neben ihr, der seinen Arm um ihre Schultern gelegt hatte und ihr etwas ins Ohr flüsterte, war Max.

„Bullshit", entfuhr es Olivia. Das Knistern zwischen den beiden konnte sie durch den halben Kellerraum spüren. „Aber für dich ist es doch okay, oder? Ich meine Max und du, ihr habt euch getrennt. Oder nicht?" Kaum hatte Olivia die verhängnisvollen Worte ausgesprochen, erkannte sie ihren Fehler. Natürlich sah Lisa das anders.

Natürlich hatte sie geplant, Max zurückzuerobern, wie so oft.

„Gestritten haben wir, na und, wer streitet nicht mal? Das heißt nicht, dass es aus war. Und es heißt schon gar nicht, dass ich zusehe, wie mir meine Freundin den Lover ausspannt."

„Wie es aussieht, geht die Initiative von ihm aus."

Lisa lachte hysterisch auf. „Wie eine läufige Hündin ist sie hinter ihm her. Seit gestern, seit dem Konzert."

„Das stimmt doch nicht, Lisa. Mach die Augen auf. Max schmeißt sich an Yasi ran und sie lässt es mit sich geschehen."

Lisas Nase zuckte. Tränen standen in ihren Augenwinkeln, aber sie blinzelte sie weg. „Ist ja klar, dass du auf ihrer Seite bist. Ihr seid beide gemein und hinterhältig."

Olivia hob beschwichtigend die Hände. „Niemand ist gemein. Vielleicht wollte Max sich einfach nicht länger von dir herumschubsen lassen. Mal große Liebe, mal großer Streit, kurz darauf wieder große Versöhnung. Das kann dem gutmütigsten Jungen zu viel werden."

„Leck mich doch ..." Lisa zeigte Olivia den ausgestreckten Mittelfinger. Dann drehte sie den Lautstärkeregler nach rechts. Die Musik wurde zum Dröhnen und verwandelte sich in Schmerz. Etwas klumpte sich in Olivias Magen zusammen.

Jemand schrie auf, die meisten hielten sich die Ohren zu. Edina, die stämmige Kroatin aus der Parallelklasse, fiel Lisa in den Arm und drückte auf Stopp.

Das Wummern riss ab.

Die Stille danach war überwältigend. Edina nahm die *Metallica*-CD aus dem Player und schob stattdessen eine andere hinein. *Lady Gaga*. Nicht gerade Olivias Lieblingsmusik, aber dazu konnte man sich wenigstens bewegen, ohne dass einem die Ohren abfielen.

Max und Yasi begannen zu tanzen. Olivia musste grinsen, als sie die Verlegenheits-Flecken in Yasis Gesicht sah, die farblich zu den leuchtenden Aknenarben von Max passten. Mit ihren roten Köpfen sahen die beiden wie ein langes und ein kurzes Zündholz aus.

Lisa verzog sich beleidigt in eine Ecke. Keine drei Minuten später leistete ihr Philip Gesellschaft. Sie plauderte angeregt mit ihm, warf aber immer wieder wütende Blicke zu Yasi und Max.

„Tanzen wir?" Eine tiefe Stimme riss Olivia aus ihren Beobachtungen. Erschrocken fuhr sie herum. Fabian grinste sie an.

„Wir?" entfuhr es ihr unnatürlich laut. Das konnte ja wohl nicht wahr sein. Der coolste Typ weit und breit wollte mit ihr tanzen? Ausgerechnet mit ihr, Miss Mauerblümchen! Die außer keinem Busen nichts zu bieten hatte. Doch. Hervorstehende Knochen, eine zu große Nase und Segelohren, die bei jeder unpassenden Gelegenheit leuchteten wie Signalbojen. Bestimmt wollte er sie nur verschaukeln und sich später über sie lustig machen.

*Da musst du dir eine andere Dumme suchen, mein Lieber.* Zu gut erinnerte sie sich an René, den charmanten und begehrten Austauschschüler aus Marseille, der sie im letzten Jahr voll hatte auflaufen lassen. Aber das passierte ihr kein zweites Mal.

„Bestimmt nicht.“ Ihre Stimme klang höher als sonst. Unnahbar und arrogant. „Ich tanze lieber allein.“

Kaum hatte sie den unmöglichen Satz ausgesprochen, tat es ihr leid. Sie hätte sich für ihre patzige Antwort ohrfeigen können.

Fabians schiefes Grinsen gefror. „Dann eben nicht. Entschuldige, dass ich gefragt habe.“ Er zuckte mit den Schultern, machte auf dem Absatz kehrt und ging hinaus.

*Na prima. Das hast du toll hingekriegt, Olivia Harrison. Wirklich einsame Spitze.* Am liebsten wäre sie auch gegangen. Warum eigentlich nicht? Vermissen würde sie ohnehin niemand. Stattdessen begann sie zu tanzen. Der Rhythmus fuhr direkt in ihre Füße, die ein Eigenleben entwickelten und erstaunliche Dinge aufführten.

*Just dance, gonna be okay.* Auch Philip und Lisa begannen sich zur Musik zu bewegen, eng umschlungen.

*Da dat doo-doo-mmm.* Philip hatte seine Rechte auf Lisas Rücken gelegt. Langsam ließ er sie nach unten wandern, bis sie auf Lisas Po liegen blieb.

*Just dance, spin that record babe.*

Na fabelhaft, dachte Olivia. So viel zum Thema Lisa und Liebeskummer.

*Da dat doo-doo-mmm.* Sie schloss die Augen und tanzte. Tanzte ihren Frust weg. Tanzte, bis sie den Boden unter den Füßen nicht mehr spürte. Ein wunderbares Gefühl von Schwerelosigkeit breitete sich in ihr aus. Ihre Sorgen zerplatzten wie Kohlensäurebläschen im Mineralwasserglas. Die Fünf in Mathe löste sich in Nichts auf, Jays ewige Besorgnis kostete sie nur noch ein Lächeln, und die Frage, ob sie Musik oder Biologie studieren sollte, verlor jegliches Gewicht. Wenn es an der Zeit war, würde sie es wissen.

Das Hochgefühl verflog auf einen Knopfdruck von Yasi, die eine neue CD einlegte: Türkische Popmusik. Schmusesongs.

Seufzend verzog Olivia sich zum Büffet und nahm sich eine Cola.

„Na dann viel Spaß beim Rudelknutschen", prostete sie sich selbst zu.

Wie auf einen unausgesprochenen Befehl begannen die ersten Paare an den Lippen zusammenzuwachsen. Und Yasi, die schüchterne Yasi war mit von der Partie. Innig schmiegte sie sich an Max und küsste ihn, als hätte sie nie etwas anderes getan.

Das verhasste Elfte-Zehen-Gefühl keimte in Olivia auf. Empört nahm sie einen Zug aus der Cola-Flasche, verschluckte sich prompt und musste husten. Die Kohlensäure brannte in ihrer Nase. Sie schnäuzte sich in eine Papierserviette. Bis jetzt hatten Yasi und sie sich immer über das Geknutsche der anderen lustig gemacht. Gemeinsam hatten sie sich stark gefühlt. Und nun gehörte Yasi auch zu den Küssern. Das war Verrat.

Einen Augenblick später erforschte Olivia ihr Gewissen. War sie etwa neidisch? Gönnte sie ihrer besten Freundin nicht, dass die sich verliebt hatte? Ihr wurde warm. Vor Scham begannen ihre Ohren zu glühen.

Plötzlich wurde mit einem Poltern die Tür aufgerissen. Demir stand im Türrahmen, breitbeinig, eine schwarze Silhouette gegen den bläulichen Dunst.

„Wo ist meine Schwester?", brüllte er und übertönte das orientalische Gedudel spielend. Er warf einen grimmigen Blick in die Runde der Tanzenden, die der Reihe nach erstarrten und verstummten. Yasi löste sich von Max.

„Was willst du hier?"

„Du kommst sofort mit mir nach Hause!"

„Was fällt dir ein?", protestierte sie. Ihre Stimme klang zittrig. Max stellte sich schützend vor sie und versuchte Demir mit einigen hilflosen Handbewegungen zu beschwichtigen.

„Wenn du Hurensohn sie noch einmal begrapschst, dann mach ich dich kalt!", schrie Demir. Er schnappte sich eine herumstehende Bierflasche und schmiss sie gegen die Wand, dass die Scherben in alle Richtungen spritzten. Der Flaschenhals blieb in der Sahnetorte, dem Prunkstück des Büffets, stecken.

Yasi schüttelte Max ab und ging auf Demir zu. „Hör sofort auf, dich wie ein Irrer aufzuführen", fauchte sie. „Du hast gewonnen, ich komme mit. Aber ich hasse dich dafür."

Demir antwortete mit einem Staccato türkischer Worte, die Olivia nicht verstand. Was Gutes konnten sie nicht bedeuten. Er nahm seine Schwester an der Hand und zerrte sie hinaus.

Niemand schritt dagegen ein. Max starrte auf seine Schuhspitzen. Die anderen standen herum, schwiegen und sahen betreten aus.

Nur Lisa lächelte schadenfroh.

Danach wollte keine rechte Stimmung mehr aufkommen. Max ging als erster nach Hause. Nach und nach verabschiedeten sich die übrigen Partygäste.

„Ich muss dann auch weg“, sagte Olivia. „Jay killt mich, wenn er herausfindet, dass ich …“

„Ja, ja. Geh nur. Geht doch alle!“ Tränen glitzerten in Lisas Augenwinkeln. Mit einer fahrigen Bewegung wischte sie sie weg. Philip wollte ihr über die Wange streichen, aber sie stieß ihn von sich. „Na los, haut schon ab! Verschwindet! Ich will niemanden mehr sehen.“

Olivia beeilte sich, ins Freie zu kommen und atmete erleichtert die frische Nachtluft ein. Lisa tat ihr leid, doch in diesem Zustand konnte man ihr nicht helfen. Bis morgen hatte sie sich bestimmt beruhigt. Dann würde Olivia sie anrufen.

# 4

Sie bestieg ihr Rad und fuhr los.

Obwohl es noch vor Mitternacht war, machte die Stadt einen ausgestorbenen Eindruck. Am Marktplatz wärmten sich zwei Obdachlose über den Lüftungsschlitzen der Tiefgarage. Ab und zu zischte ein Auto an Olivia vorbei.

Plötzlich hatte sie das Gefühl, beobachtet zu werden. Sie wandte sich um. Kein Mensch zu sehen. Die Härchen in ihrem Nacken stellten sich auf. Olivia radelte schneller.

Die verlassenen Straßen wirkten unheimlich. Immer wieder warf sie einen hastigen Blick nach hinten, aber da war niemand. Natürlich nicht.

Wahrscheinlich hatte sie zu viele schlechte Horrorfilme gesehen. Dennoch legte sie an Tempo zu, bis sie nur noch keuchend Luft bekam. Ein Schweißtropfen löste sich von ihrer Stirn, rann über die Wange und kitzelte sie.

Völlig außer Atem kam sie zu Hause an. Kaum hatte sie das Rad an das Müllhäuschen gelehnt, fiel ihr Blick auf die hell erleuchtete Garage.

*Bullshit*! Jay. Er musste gerade angekommen sein. Olivia drückte sich in den Schatten des Holunderstrauchs. Zur Haustür konnte sie nicht mehr unbemerkt gelangen. Sie würde ihrem Vater unweigerlich in die Arme laufen.

Draußen fuhr ein Wagen vor. Er hielt direkt vor dem Zaun. Die Scheinwerfer verloschen, der Motor wurde abgestellt. Niemand stieg aus. Merkwürdig. Doch Olivia kümmerte sich nicht darum, sie fixierte die Garage. Endlich schloss Jay das Garagentor und verschwand im Haus. Nun konnte sie unbemerkt zum Marillenbaum laufen, der an der Ostseite des Hauses stand. An seinem Fuß ließ sie sich in den Kellerschacht gleiten. Das Fenster hatte sie vor dem Weggehen entriegelt. Jetzt drückte sie es nach innen auf, zog den Vorhang weg und sprang ins Dunkle. Geschafft.

Kurze Zeit später hielt Olivia ihre Sticks in Händen und bearbeitete das Set, als ginge es um ihr Leben.

Irgendwann steckte Jay den Kopf herein und winkte ihr fröhlich zu. Dass sie übte anstatt Mathe zu büffeln, konnte er ihr nun wirklich nicht übel nehmen. Nicht er, der nur für seine Musik lebte und sich nichts inniger wünschte, als dass seine Tochter ebenfalls Musikerin werden sollte.

Lustlos trommelte Olivia noch eine Viertelstunde weiter. Ihr Mund war wie ausgedörrt. Das schlechte Gewissen saß als Kloß in ihrer Kehle und verursachte Schluckbeschwerden.

Morgen würde sie Mathe lernen, das nahm sie sich fest vor.

In dieser Nacht lag sie lange wach und konnte nicht einschlafen. Sting wuselte in seinem Auslauf herum. Sie hörte dem kleinen Igel beim Scharren, Schnüffeln und Nagen zu und starrte Löcher in die Dunkelheit. Dann dachte sie an Fabian und durchlebte die peinliche Szene auf der Party ein zweites Mal. Wie ruppig und abweisend sie sich verhalten hatte! Einmal wollte ein cooler Typ mit ihr tanzen und sie verbockte es. Hatte sie eigentlich noch alle Tassen im Schrank?

*Was für ein Tag.* Und zum krönenden Abschluss war sie wie eine Diebin ins Haus geschlichen.

Plötzlich fiel ihr das Auto ein. Das geheimnisvolle Auto, das direkt vor dem Gartenzaun geparkt hatte und aus dem niemand ausgestiegen war.

Du spinnst dir wieder irgendwelche Gruselstories zusammen, Olivia Harrison, schalt sie sich, stand aber doch noch einmal auf, ging zum Fenster und spähte hinaus.

Das Auto war weg. Wie ein Flickenteppich aus verschiedenen Schattentönen lag der nächtliche Garten da. Nichts bewegte sich. Nur die Äste des Marillenbaums schabten leise an der Hauswand und der Wipfel des Holunders schaukelte ein wenig im Wind.

# 5

*Für Yasemin*

*Liebes-Lied – R.M. Rilke*

*Wie soll ich meine Seele halten, dass*
*sie nicht an deine rührt? Wie soll ich sie*
*hinheben über dich zu andern Dingen?*
*Ach gerne möcht ich sie bei irgendwas*
*Verlorenem im Dunkel unterbringen*
*an einer fremden stillen Stelle, die*
*nicht weiterschwingt, wenn deine Tiefen schwingen.*
*Doch alles, was uns anrührt, dich und mich,*
*nimmt uns zusammen wie ein Bogenstrich,*
*der aus zwei Saiten* eine *Stimme zieht.*
*Auf welches Instrument sind wir gespannt?*
*Und welcher Geiger hat uns in der Hand?*
*O süßes Lied.*

Musik entsteht in meinem Kopf, während ich das Gedicht abtippe – SEIN Lieblingsgedicht. Aus den Buchstaben schlängelt sich eine Melodie, sanft und süffig, vorgetragen von einer warmen Alt-Stimme. Eine zweite Melodie gesellt sich dazu, zart und versponnen, ein klarer Sopran, der sich über den Alt erhebt, ihn umspielt wie ein blumiges Ornament, ihn nachahmt, nicht spöttisch sondern liebevoll, sich an ihm reibt in einer fortlaufenden Kette von Dissonanzen, bis beide Stimmen sich schließlich harmoniesüchtig im Einklang treffen.

Ich ziehe Handschuhe an und lege das Blatt Papier, das ich von SEINEM Schreibtisch genommen habe, in den Drucker. Das Blatt Papier, auf dem sich SEINE Fingerabdrücke befinden. Der erste Schritt ist getan.

Morgen kommt der zweite Schritt. Und dann wird Blut fließen.

# 6

Yasi stellte ihren Geigenkoffer neben den Küchentisch und setzte sich auf den rotlackierten Stuhl. Sie fasste ihre üppige Haarpracht im Nacken zusammen und wickelte ein Gummiband herum. Irgendwie sah sie verändert aus, und das lag nicht an dem Pickel, der mitten auf der Nase erblüht war.

Der Teekessel pfiff. Olivia zog ihn von der heißen Herdplatte.

„Heute bekommst du das Empfehlungsschreiben von Jay. Er hat dich in den Himmel gelobt." Sie goss das siedende Wasser über die griechischen Bergkräuter. Ein würziger Duft stieg ihr in die Nase. Es roch wie eine Mischung aus Minze, Zitronenmelisse und Honig.

„Hat er es dir vorgelesen?"

„Ich hab's abgetippt. Und die Fehler verbessert."

„Toll." Yasi strahlte. „Ich könnte den ganzen Tag nur noch hüpfen vor Freude. Übrigens ... ich muss dir was sagen."

Olivia musterte sie. Yasis Augen sprachen Bände. „Du bist verknallt." Sie grinste. „Erzähl schon."

„Seit gestern bin ich mit Max zusammen." Versonnen spielte Yasi mit der Silberkette, die sie immer trug, und betrachtete das türkisfarbene Auge auf dem Anhänger.

„Erst seit gestern? Ihr habt doch schon auf Lisas Party wild herumgeknutscht."

Yasi kicherte. „Max ist soooo süß." Sie hörte sich an wie eine Zehnjährige.

Olivia seufzte und verbiss sich eine Antwort.

„Seine Augen haben die gleiche Farbe wie das Meer in Marmaris. Grünblau."

*Du grünblaue Neune.* Max war rundlich, unsportlich und er hatte Aknenarben. Aber er war zweifellos ein netter Kerl.

Olivia goss den Tee in zwei Keramikbecher, schob einen Yasi hin, den mit dem abgeschlagenen Rand behielt sie selbst. „Ist dir eigentlich klar, dass Lisa furchtbar eifersüchtig und stinksauer ist?"

„Stinksauer? Wieso? Sie hat doch mit Max Schluss gemacht!" Yasi verschränkte die Arme.

„Sie hatten Streit, wie so oft. Aber Lisa wollte sich mit Max versöhnen, das hat sie mir selbst erzählt."

„Lisa ist längst mit Philip zusammen."

„Glaube ich nicht. Auf der Party hat sie nur mit ihm rumgemacht, damit Max eifersüchtig wird."

„Sie hat schon nach dem Konzert mit Philip rumgemacht. Nicht erst auf der Party."

„Jedenfalls ist sie eifersüchtig."

Yasi zog die Brauen zusammen, bis sie eine horizontale Linie bildeten. Es verlieh ihr eine erstaunliche Ähnlichkeit mit ihrem Bruder Demir, die Olivia noch nie bemerkt hatte. „Das ist wirklich nicht mein Problem!"

„Immerhin ist sie doch deine Freundin, oder nicht?"

„Ich habe mich bestimmt nicht zwischen die beiden

gedrängt. Max hat Lisas Launen einfach satt, und zwar für immer. Ständig ist sie an ihm geklebt und hat geklammert. Wenn ihr die geringste Kleinigkeit nicht gepasst hat, war sie beleidigt und hat ihn auflaufen lassen. Dann ist sie wieder hinter ihm her gerannt und es gab eine herzzerreißende Versöhnung, ewige Liebesschwüre und alles fing von vorne an. Nie konnte sie mal normal sein." Yasi trank von ihrem Tee.

„Seh' ich auch so. Aber Lisa sieht es anders, das solltest du wissen." Olivia wollte ebenfalls einen Schluck nehmen, verbrannte sich jedoch und stellte die Tasse rasch ab.

„Dann soll sie! Max und ich, wir lieben uns, das wird Lisa akzeptieren müssen. Und du auch!"

„Wieso ich? Was habe ich damit zu tun?"

„Weil du offensichtlich genauso eifersüchtig bist!"

„Spinnst du?"

„Darauf, dass ich einen Freund habe und du nicht."

„Jetzt mach aber einen Punkt!" Olivias Hand sauste auf die Tischplatte nieder, dass der Tee überschwappte.

„Dabei bist du selbst schuld. Du beißt ja jeden weg, der in deine Nähe kommt."

Sprachlos starrte Olivia ihre Freundin an. So hatte Yasi noch nie mit ihr gesprochen. Was bildete sie sich eigentlich ein?

„Sogar Fabian hast du angefaucht. Als hätte er dir was getan. Dabei habe ich genau gehört, dass er nur mit dir tanzen wollte."

Zorn kochte in Olivia hoch. Jetzt war Yasi zu weit gegangen.

Sie sprang auf. „Das geht dich gar nichts an!“

„Vielleicht interessiert es dich, dass Fabian seit gestern mit einer Gehirnerschütterung und einem gebrochenen Arm in der Klinik liegt. Weil er wie ein Verrückter den Mountainbike-Singletrail hinuntergefahren ist.“

Olivia erstarrte. „Was?“, fragte sie tonlos. Kleine schwarze Punkte tanzten vor ihren Augen.

„Max hat ihn am Abend besucht.“

„Das … das tut mir leid. Aber was kann ich dafür?“

Yasi zuckte mit den Schultern. „Vielleicht fällt es dir ein, wenn du darüber nachdenkst.“ Sie warf Olivia einen abschätzigen Blick zu.

Schritte näherten sich. Jay tauchte auf, sah sich um und runzelte die Stirn. „Na? Schlechte Stimmung? Komm, Yasemin, lass uns arbeiten.“

Sie packte ihren Geigenkoffer und trippelte aus der Küche, ohne sich umzudrehen.

Olivia blieb mit brennenden Wangen sitzen. Als wäre sie geohrfeigt worden.

# 7

Der Schneefall wird immer dichter. Schnee im Oktober, wer hätte das gedacht! Gut für mich, die Straßen sind wie ausgestorben bei diesem Hundewetter, obwohl es noch nicht mal ganz dunkel ist.

Sie geht schnell, als wüsste sie, dass ihr jemand folgt. Vielleicht auch nur, weil ihr kalt ist. Gleich wird sie die Bahnunterführung erreichen. Meine Hand schließt sich fester um das Metall unter meinem Anorak. Vorsichtig ziehe ich es heraus. Ich vergrößere meine Schritte, schließe dicht zu ihr auf. Jetzt spürt sie meine Anwesenheit. Sie geht noch schneller, beginnt beinahe zu rennen, wagt aber nicht, sich umzudrehen. Ihre Angst kann ich riechen. Sauer riecht die Angst.

Inzwischen bin ich ihr so nahe, dass ich sie berühren kann. Doch ich berühre sie nicht.

Ich hole aus; schlage zu.

Ein dumpfes Geräusch.

Sie hält in ihrem Schritt inne. Wie in Zeitlupe wendet sie den Kopf. Für einen Sekundenbruchteil streift mich ihr Blick. Ihre Augen, die wie zwei dunkle Monde aussehen, weiten sich. Schon habe ich die Bronzefigur zum zweiten Mal auf ihren Kopf geknallt, fester diesmal.

Wieder das dumpfe Geräusch und ein Knirschen, wie wenn ein Knochen bricht.

Sie fällt lautlos und bleibt leblos liegen.

Rasch blicke ich mich um. Niemand ist in der Nähe. Ich packe ihre Handgelenke und schleife sie die paar Meter weiter bis zu dem Abbruchhaus, das schon seit Monaten leer steht. Ich habe es mir genau angesehen. Es ist ideal für meine Zwecke.

Eine Tür gibt es nicht mehr, der Wind weht den Schnee bis in den verfallenen, stinkenden Korridor. Ich schleppe sie über die Schwelle und in das erste Zimmer. Licht von den Straßenlaternen fällt durch die zerbrochenen Fensterscheiben und doch ist von außen nicht zu sehen, was ich mit ihr anstelle. Hier kann ich in Ruhe die letzten Maßnahmen treffen, die nötig sind.

Ich habe an alles gedacht. Schon der kleinste Fehler wäre fatal, aber ich bin optimal vorbereitet. Einen Fehler wird es nicht geben.

Als ich mein Werk betrachte, wird mir warm. Eine Wärme hüllt mich ein, die mich an damals erinnert. An das brennende Auto. An die Befreiung. Wie ein Pelzumhang legt sich das beruhigende Brummen tiefer Streicher um meine Schultern.

*Doch alles, was uns anrührt, du mein Lieb',*
*trennt uns auf ewig wie ein Messerhieb,*
*der* eine *Saite in zwei Teile haut.*
*Warum warst du auf meinen Traum erpicht?*
*Und welchem Geiger spuck ich ins Gesicht?*
*O böser Laut.*

# 8

Widerwillig kramte sie das Heft aus ihrem Rucksack.

*Mathematik Klassenarbeiten – Olivia Harrison* stand darauf. Als sie es aufschlug, leuchtete ihr die rote Schmiererei vom Lenz entgegen. *Nicht genügend. Null Punkte. Diese Arbeit wird in die Geschichte eingehen!*, hatte er in seiner krakeligen Schrift darunter geschrieben. Wenigstens die Verbesserung musste sie bis morgen hinkriegen. Natürlich hatte sie sich das ganze Wochenende über nicht damit beschäftigt, trotz bester Vorsätze. Aber am Samstag fehlte ihr der Nerv dazu, weil ihr Lisas Party im Magen lag. Und am Sonntag schlief sie bis Mittag und vertrödelte den Nachmittag mit einem Streifzug durch den Wald. Wenigstens war sie erfolgreich gewesen: Sie hatte ein Fangeisen entdeckt und unschädlich gemacht.

In eine ähnliche Falle musste Evelyn als junge Katze geraten sein. Olivia erinnerte sich mit Grauen daran, wie sie das schwer verletzte Tier gefunden und wochenlang aufgepäppelt hatte. Jetzt lag Evelyn zu ihren Füßen und schnurrte. Zum Glück hatte sie außer dem Verlust ihres Schwanzes keinen dauerhaften Schaden davongetragen. Sie war zu einer kräftigen Tigerkatze herangewachsen, die trotz ihrer Behinderung auf Bäume kletterte und wie eine Weltmeisterin auf schmalen Vorsprüngen balancierte. Deshalb hatte Olivia sie auch Evelyn genannt. Nach Evelyn Glennie, die trotz ihrer Gehörlosigkeit eine der weltbesten Schlagzeugerinnen war.

Olivia versuchte, sich auf die Mathe-Aufgaben zu konzentrieren. Sie starrte auf die Zahlen, Buchstaben und mathematischen Kürzel, die schon nach wenigen Minuten auf dem Papier zu tanzen begannen. Eigentlich hatte sie gehofft, dass Yasi ihr nach der Geigenstunde helfen würde. Yasi, das Mathe-As der Klasse, konnte viel besser erklären als der Lenz mit seinem abgehobenen Geschwafel. Doch nach dem Streit war das natürlich undenkbar. Und tatsächlich war Yasi im Anschluss an ihre Stunde nach Hause gegangen, ohne sich von Olivia zu verabschieden oder sich gar zu entschuldigen. Was war nur in sie gefahren?

*Wie kann sie mir Eifersucht vorwerfen? Dabei gönne ich ihr Max doch von Herzen!*

Sie horchte in sich hinein. Tat sie das? Oder enthielt Yasis Anschuldigung ein Körnchen Wahrheit? Hatte Olivia nicht selbst einen Anflug von Neid gespürt, als Yasi und Max sich auf der Party geküsst hatten?

Die Feststellung, dass sie jeden Jungen verbiss, traf auf alle Fälle ins Schwarze. Aber sie war sich so sicher gewesen, dass Fabian sie nur auf den Arm nehmen wollte. Der Gedanke, dass er sich wirklich etwas aus ihr machte, klang einfach zu verrückt.

Und jetzt sollte er in der Klinik liegen. Mit einer Gehirnerschütterung. Und Yasi hatte es so hingestellt, als wäre es Olivias Schuld. Daran wollte sie nicht einmal denken.

Und wenn es stimmte? Yasi hatte sie noch nie belogen.

Olivia nahm sich fest vor, gleich morgen reinen Tisch mit ihr zu machen. Vielleicht konnte sie Yasi zu einem gemeinsamen Besuch bei Fabian überreden. Alleine würde Olivia sicher nicht hingehen.

*Sonst denkt er womöglich, ich laufe ihm nach.*

Sein Lockenkopf tauchte vor ihrem inneren Auge auf. Sie ärgerte sich darüber und versuchte, ihre Gedanken endlich auf Mathe zu richten. Unmöglich. Je mehr sie Fabian aus ihrem Hirn verbannen wollte, umso schärfer wurde sein Bild. Wie diese Geburtstagskerzen, die immer wieder aufflammten, so oft man sie auch auspustete.

Schließlich riss das Telefon sie aus ihren vergeblichen Konzentrationsversuchen.

Herr Gökdal war am Apparat.

„Ist Yasemin da?“, fragte er. Seine Stimme klang merkwürdig – irgendwie ausgefranst.

„Sie ist schon lange gegangen. Gleich nach ihrer Geigenstunde“, sagte Olivia.

„Dann müsste sie längst zu Hause sein. Hat sie gesagt, ob sie noch woanders hingeht?“

„Zu mir nicht, tut mir leid.“

„Weiß es vielleicht dein Vater?“

„Der probt gerade mit dem Symphonieorchester. Wahrscheinlich kommt er erst sehr spät nach Hause.“

„Ich verstehe das nicht. Normalerweise sagt sie immer Bescheid. Hoffentlich ist nichts passiert.“

Jetzt wusste Olivia, dass Herrn Gökdals Stimme vor Sorge ausgefranst war. „Vielleicht ist sie bei Max?“, stieß sie rasch hervor. Kaum hatte sie es ausgesprochen, hätte sie sich in den Hintern beißen können. Yasi würde sie umbringen. Bestimmt hatte sie ihrem Vater noch nichts von Max erzählt.

Doch es war zu spät. Herr Gökdal verlangte die Telefonnummer und Olivia gab sie ihm.

Sicherlich war Yasi bei Max. Vermutlich hatte sie vor lauter Verliebtheit die Zeit übersehen.

Was sollte schon passiert sein? Morgen in der Schule würde sie neben Olivia sitzen, wie immer.

Ein kleiner Stachel blieb. Nur eine böse Ahnung, zu geringfügig, um sie auszusprechen. Olivia schüttelte sie ab. Blödsinn. Die einzige Sorge, die sie sich machen musste, war die, eine gute Ausrede parat zu haben, warum sie Yasis Vater gegenüber den Namen Max erwähnt hatte.

*Hoffentlich fällt mir bis morgen was ein, sonst wird es nichts mit der Versöhnung.*

# 9

Als Olivia gerade rechtzeitig mit dem Läuten die Klasse betrat, erkannte sie sofort, dass sie sich geirrt hatte. Yasi fehlte.

Während der ersten halben Stunde klammerte sie sich noch an die Hoffnung, dass Yasi vielleicht zu spät kommen würde, obwohl sie wusste, wie unwahrscheinlich das war. Auch zur zweiten Schulstunde erschien ihre Banknachbarin nicht.

Mathe. Der Lenz sammelte die Arbeitshefte ein.

„Entschuldigung, ich habe mein Heft zu Hause vergessen", schwindelte Olivia.

„Da hat wohl jemand die Verbesserung nicht gemacht. Das gibt leider wieder ein Minus, Harrison."

Na toll. Jetzt stand sie also auf Fünf minus. Das waren ja großartige Voraussetzungen für das restliche Semester. Sie zuckte mit den Schultern.

In der großen Pause sprach sie Lisa an, die ihr kaltschnäuzig zu verstehen gab, dass es sie nicht die Bohne interessierte, warum Yasi fehlte und wo sie sein könnte.

„Mensch, jetzt sei nicht so kindisch! Sie hat nichts falsch gemacht, außer sich in deinen Ex zu verlieben. Jahrelang wart ihr befreundet, da kann es dir doch nicht egal sein, ob ihr etwas passiert ist oder nicht."

„Weißt du", Lisa lächelte herablassend, „mit Freundschaften ist es wie mit einem Stall. Ab und zu muss man ausmisten, damit es nicht nach Scheiße stinkt!"

Olivia zeigte ihr einen Vogel und wandte sich ab.

„Frag doch Max, wo sich seine kleine Yasemin rumtreibt. Vielleicht weiß er es?", rief Lisa ihr hinterher.

Keine dumme Idee. Olivia ärgerte sich, dass es ihr nicht selbst eingefallen war.

Gleich nach Schulschluss wählte sie Max' Nummer.

Er meldete sich sofort. „Hallo Olivia. Gibt's was Neues von Yasi?" Er keuchte, als wäre er gerannt.

„Eigentlich wollte ich fragen, ob sie bei dir ist? Sie war nicht in der Schule und gestern hat ihr Vater ..."

„Ich weiß. Bei mir hat er auch angerufen." Max klang enttäuscht. „Nein, sie ist nicht da. Ich zermartere mir die ganze Zeit das Gehirn, wo sie sein könnte, aber ich habe keine Ahnung."

„Hast du sie gestern noch gesehen?"

„Wir haben nur telefoniert. Nach der Schule. Ich habe gefragt, ob ich sie von der Geigenstunde abholen und nach Hause begleiten soll, damit wir uns wenigstens kurz sehen können. Aber sie wollte nicht, wegen Demir."

„Wieso?"

„Na, damit Demir uns nicht zusammen sieht und wieder verrückt spielt wie auf Lisas Party."

Olivia dachte nach. „Glaubst du, dass Demir etwas mit ihrem Verschwinden zu tun hat?" Vielleicht hatte er herausgefunden, dass Yasi am Sonntag mit Max zusammen war und hatte sie unter Druck gesetzt?

„Du meinst, Demir hat Stunk gemacht und Yasi ist deshalb abgehauen?", fragte Max.

„Dann wäre sie bestimmt nach München gefahren, zu Selìn. Das ist ihre Lieblingstante."

„Aber dann hätte sie doch längst ihre Eltern angerufen. Und Frau Gökdal hat mir versprochen, dass sie Bescheid sagt, wenn Yasi auftaucht."

Max hatte recht. Yasi würde nicht einfach abhauen und ihre Eltern im Ungewissen lassen.

„Ich habe so ein furchtbares Gefühl, dass ihr etwas zugestoßen ist", sagte er zum Schluss.

Ein eisiger Schauer kroch über Olivias Nacken. Sie fröstelte. Nicht einmal ihrem dicksten Wollpulli gelang es, die Kälte zu vertreiben.

Unter Jays argwöhnischen Blicken würgte sie ein Stück Tomate und ein Salatblatt hinunter, obwohl es sie ekelte. Zum Glück beharrte er nicht darauf, dass sie mehr aß.

Er schien selbst wenig Appetit zu haben und stocherte in seinem Essen herum. Olivia hätte gern mit ihm über Yasi gesprochen. Sie wusste, dass er sich mindestens ebenso große Sorgen um sie machte wie Olivia selbst. Aber er brütete schweigend über seinem Teller und ließ ein Gespräch gar nicht aufkommen. So gern er über Zukunftspläne oder erfreuliche Dinge sprach, dem Bereden von Problemen wich er aus. Als ob er Angst hätte, dass sie größer würden, wenn man sie aussprach.

Olivia räumte das Geschirr ab und ging in ihr Zimmer.

Es roch nach abgestandener Luft, Katzenfutter und Igelausdünstungen. Sie riss das Fenster auf. Lisas Worte fielen ihr wieder ein.

„Ausmisten", sagte sie zu sich selbst. „Das ist es." Zumindest würde es sie ein wenig ablenken.

Sie hockte sich vor Stings Gehege und entfernte die Zeitungsblätter, auf die er sein Geschäft verrichtet hatte. Dann legte sie frisches Papier auf.

Vorsichtig hob sie den Deckel von seinem Schlafkarton, einer alten Schuhschachtel mit ausgeschnittenem Eingang. Der kleine Igel schlief zusammengerollt in seinem Bett aus Zeitungsschnipseln. Regelmäßig hob und senkte sich sein Stachelkleid. Zufrieden setzte Olivia den Deckel wieder auf die Schachtel und stellte ihm noch ein Schälchen frisches Wasser in den Auslauf. Futter würde er erst abends bekommen, sobald er erwachte. Wenn er weiter so gut fraß, würde der Kleine, den sie als rosarotes, halbvertrocknetes Baby in einem verlassenen Nest gefunden hatte, bald schwer genug sein, um seinen Winterschlaf anzutreten.

Als Olivia das schmutzige Zeitungspapier in den Biomülleimer entsorgte, fuhr ein Polizeiwagen vor. Eine Polizistin stieg aus, öffnete zielstrebig das Gartentor und kam auf Olivia zu.

„Hallo! Bin ich hier richtig bei Harrison?"

„Ja", sagte Olivia knapp. *Steht ja groß am Briefkasten.* Sie beschloss, die Polizistin nicht zu mögen, obwohl sie sympathisch wirkte. Polizei bedeutete niemals etwas Gutes. Nur unangenehme Nachrichten, Strafzettel und ein schlechtes Gewissen, auch wenn es gar keinen Grund dafür gab.

„Ich bin Revierinspektorin Grobholz."

*Grobholz? Was für ein Glück, dass sie keine Geigerin geworden ist.* „Olivia Harrison."

„Ich ermittle im Fall der vermissten Yasemin Gökdal und würde deinem Vater und dir gern einige Fragen stellen."

Olivia führte sie ins Wohnzimmer und holte Jay aus dem Studio, der gerade den ersten Nachmittagsschüler unterrichtete.

Die Polizistin setzte sich aufs Sofa und bat um ein Glas Wasser. Dann nahm sie ihre Uniformkappe ab. Kupferrote, zerzauste Haare kamen darunter zum Vorschein.

„Sie sind Yasemins Geigenlehrer, Herr Harrison." Die Sommersprossen auf ihrer Nase gerieten in Bewegung. „Das Mädchen ist unmittelbar nach der Geigenstunde verschwunden. Ist Ihnen irgendetwas Ungewöhnliches an Ihrer Schülerin aufgefallen? Wirkte sie depressiv?", fragte sie.

„Nein, im Gegenteil. Sie war so happy, wegen die Empfehlungsschreiben, die ich für sie … wie sagt man?"

„Das er für sie aufgesetzt hat", ergänzte Olivia.

Die Polizistin hob die Brauen.

„Für die Stipendium", fuhr Jay fort. „Yasemin ist super talentiert, wissen Sie."

„Was ist das für ein Stipendium? Können Sie mir mehr darüber erzählen?"

„Es wird nur gegeben in drei Jahre einmal. Für begabte Geiger, zu studieren an eine Hochschule."

Olivia seufzte. Wenn Jay nervös war, fiel ihm die deutsche Sprache noch schwerer als sonst. „Es handelt sich um das Stipendium der Bartlmä Messner-Stiftung", erklärte sie der Frau mit dem seltsamen Namen. „Es wird alle drei Jahre vergeben und ermöglicht dem begabtesten Nachwuchsgeiger des Landes ein Studium an einer in- oder ausländischen Musikhochschule."

„Bartlmä Messner? Der Speckkönig?"

„Genau der. Anscheinend wollte er selbst einmal Geiger werden, aber seine Eltern waren zu arm. Dann hat er sein Speck- und Wurstimperium aufgebaut und ist damit stinkreich geworden. Und weil er schon zu alt war, um seinen Traum zu verwirklichen, hat er diese Stiftung gegründet."

Jay nickte.

„Und Messner entscheidet, wer das Stipendium bekommt?"

„Nein. Professoren aus Deutschland, Österreich und der Schweiz", sagte er.

Die Polizistin machte sich Notizen, dann wandte sie sich an Olivia. „Und du? Ist Yasemin eine Mitschülerin von dir?"

„Sie ist meine beste Freundin", sagte Olivia leise. Sie überlegte, ob sie den Streit erwähnen sollte.

*Aber der hat doch mit Yasis Verschwinden nichts zu tun!* Sie ließ es bleiben. „Außerdem gehen wir in dieselbe Klasse."

„War sie zuletzt anders als sonst?" Die Polizistin musterte Olivia aufmerksam.

„Ja. Sie war so glücklich und selbstbewusst wie nie zuvor."

„Wegen des Stipendiums?“

„Weil sie verliebt war. Schwer verliebt.“

Jays Augen wurden groß und rund. Er hatte offensichtlich keine Ahnung vom Liebesleben seiner besten Schülerin.

„Sehr interessant.“ Die Polizistin lächelte. „In wen?“

„Er heißt Max. Max Kuschitzky.“

Der Kuli der Polizistin flog über die Notizbuchseite. „Weiter?“

„Max ist ein netter Kerl, sehr gutmütig. Er ist ein Computerfreak und will mal Programmierer werden. Er hat bestimmt nicht …“ Olivia suchte nach Worten. „Er hat Yasi bestimmt nichts getan.“

„Schon gut, wir verdächtigen niemanden. Noch ist ja nichts passiert. Geht Max auch in deine Klasse?“

„Er ist ein Jahr älter als Yasi und ich. Er geht aufs Goethe-Gymnasium.“ Olivia schluckte. „Was glauben Sie denn, wo Yasi ist?“

Die Polizistin rieb sich die Nase. „Vermutlich ist sie einfach abgehauen, wie die meisten Vermissten. Hoffen wir, dass sie sich bald meldet.“

Olivia schüttelte den Kopf. „Yasi ist anders.“

„Meine Tochter hat recht. Yasemin ist ein besonderes Mädchen. Sie … sie würde nicht …“

„Nicht einfach weglaufen und zulassen, dass ihre Eltern vor Sorge vergehen“, ergänzte Olivia.

Die Polizistin kritzelte etwas in ihr Notizbuch. Dann verabschiedete sie sich. Sie ließ den muffigen Geruch ihrer Uniform zurück und das bedrückende Gefühl, dass etwas Furchtbares passiert war.

Man wusste nichts Genaues, hoffte noch immer auf eine Auflösung zum Guten. Aber tief im Innersten ahnte man, dass das Schlimme bereits geschehen war und nur auf seine Entdeckung wartete.

Jay begab sich missmutig in sein Studio, um mit dem Unterricht fortzufahren.

Olivia hielt das Herumsitzen in ihrem Zimmer, die Grübelei und die Ungewissheit nicht mehr aus. Sie schlüpfte in ihre Jacke und rannte los, ohne Ziel. Irgendwann fand sie sich am Innrain wieder, ganz in der Nähe des Klinikeingangs.

„Na dann!“ sagte sie und näherte sich mit klopfendem Herzen dem grauen Betonklotz.

# 10

Mit einem Klick sprang die Digitalanzeige der Uhr auf 16:53. Schon seit elf Minuten wanderte Olivia im trostlosen Klinikkorridor auf und ab.

Und auf.

Und ab.

Die Sohlen ihrer Turnschuhe quietschten über den PVC-Belag. Vor der Tür zum Zimmer 11 blieb sie stehen. Wie würde Fabian auf ihren Anblick reagieren? Würde er sie ebenso anfauchen wie sie ihn, als er mit ihr tanzen wollte? Oder würde er nur genervt fragen: „Was willst du denn hier?“ sich wegdrehen und sie abblitzen lassen? Und welche Variante wäre die schlimmere?

Olivias Füße wollten weg, hinaus aus diesem fürchterlichen Stahlbetonbunker, in dem es nach verschiedenen Desinfektionsmitteln und verwesenden Blumen roch.

„Du kneifst nicht“, sagte sie halblaut zu sich selbst. „Du gehst rein und entschuldigst dich, egal was passiert. Aus, basta.“ Sie atmete tief durch, ging mit schnellen Schritten zur Tür, klopfte und drückte die Klinke hinunter.

Es war ein Zweibettzimmer. An den hellen Wänden hingen gerahmte Hochglanzfotos von bizarren Sandformationen einer Wüstenlandschaft. Ein Bett war leer. Im anderen lag Fabian und schlief.

Olivia schlich sich näher. Über seinem linken Ohr klebte ein dicker Verband. Sein Gesicht war orange-gefleckt, vermutlich von eingetrockneter Desinfektionsflüssigkeit. Blutige Krusten zierten Nase und Kinn, ein Gipsverband überzog den rechten Arm, aus dem nur die aufgeschürften Finger hervorlugten.

Plötzlich schlug Fabian die Augen auf.

Olivia hielt den Atem an.

Ein schiefes Lächeln stahl sich auf seine Lippen. Am Kinn bildete sich ein Grübchen direkt neben einer Schramme. Das sah aus, als müsste es wehtun.

„Hi", stammelte sie. „Ich wollte nur …" Hilfesuchend sah sie ihn an.

Fabian schien sich darüber zu amüsieren, wie sie sich wand.

„Ich … ich wollte mich nur entschuldigen." Sie schluckte. „Es tut mir leid wegen der Party. Dass ich so …"

Eine Hitzewelle stieg in ihr auf, flutete ihr Gesicht bis über die Ohren.

„Schon gut", sagte Fabian endlich. „Kein Problem. Die Party war wohl überhaupt nicht so der Renner, hat Max mir erzählt."

„Du hast nicht viel versäumt."

„Schön, dass du gekommen bist. Setz dich doch." Fabian deutete auf einen Stuhl in der Ecke. Olivia zog ihn zum Bett und ließ sich erleichtert fallen. Verstohlen kramte sie in ihrem Rucksack, nahm eine Tafel Schokolade heraus, die sie im Klinikshop gekauft hatte, und legte sie aufs Nachtkästchen.

„Danke! Meine Lieblingssorte. Mit Haselnüssen." Er strahlte sie an. „Kennst du den? Zwei Schokoladetafeln stoßen mit ihren Fahrrädern zusammen. Jammert die eine: ‚Autsch, jetzt hab ich mir alle Rippen gebrochen!' Brummt die andere: ‚Und ich bin voll auf meine Nüsse gefallen!'"

Olivia lachte auf.

„Na ja, der hat schon einen ziemlichen Bart."

„Ich hab ihn noch nie gehört." Sie wurde wieder ernst und zeigte auf den Gips. „Wie ist das passiert?"

„Gute Frage. Ich habe keine Ahnung." Mit der unvergipsten Linken tippte er sich an die Stirn. „Ich kann mich nicht erinnern. Ich weiß noch, dass ich am Sonntag mit eher schlechter Laune aufgewacht bin." Er verzog den Mund zu einer Grimasse.

Olivia sank ein bisschen in sich zusammen.

„Dann habe ich mich auf mein Mountainbike gesetzt und bin die Höhenstraße hochgeradelt. Bin eine Station mit der Gondelbahn hochgefahren, bis zum Einstieg in den Mountainbike-Parcours. Dann bin ich wohl hinuntergezischt, erinnere mich aber nicht mehr. Irgendwo auf halber Strecke haben sie mich gefunden."

„Da fahren doch nur Verrückte!"

„Freerider halt. Ich steh drauf. Bisher ist es immer gut gegangen. Aber am Sonntag war es extrem glatt, nach dem Regen in der Nacht. Entweder bin ich vom North Shore gerutscht oder es hat mich bei einem der Felssprünge ausgehebelt."

„North Shore?“

„Das ist so eine Holzkonstruktion, eine Art Brücke.“

„Aha. Hast du Schmerzen?“

„Kopfschmerzen. Und mir ist noch ein bisschen übel. Das ist normal bei einer Gehirnerschütterung. Aber ich darf heute Abend nach der Visite schon wieder nach Hause.“

„Hey, das ist ja toll.“

Fabian riss mit der Linken das Schokopapier auf und bot Olivia ein Stück an. Doch sie brachte beim besten Willen nichts hinunter.

„Hast du das von Yasi gehört?“

Fabian grinste. „Yasi und Max, das neue Liebespaar. Ich bin voll im Bild.“

„Das meine ich nicht. Sondern, dass Yasi verschwunden ist.“

„Was? Wie verschwunden?“

„Gestern nach ihrer Geigenstunde. Max weiß auch nicht, wo sie sein könnte. In der Schule hat sie gefehlt und vorhin war eine Polizistin bei uns zu Hause und hat uns ausgefragt.“

„Krass! Das ist ja heftig.“ Fabians Adamsapfel hüpfte auf und ab. „Was denkst du, wo sie ist?“

„Keine Ahnung. Ich weiß nur, dass sie nicht einfach weglaufen würde. So blöd es klingt, aber das würde sie ihren Eltern nie antun, verstehst du?“

„So hätte ich sie auch nicht eingeschätzt.“

Sie schwiegen. Man hörte nur das stumpfsinnige Surren einer Fliege, die immer wieder gegen das Fenster flog.

„Armer Max, den hat's total erwischt. Er hat mir von Yasi vorgeschwärmt, bis ich es nicht mehr hören konnte. Hoffentlich taucht sie bald auf."

„Das hoffe ich auch."

Fabian versuchte, ein Gähnen zu unterdrücken.

„Ich glaube, ich geh dann wieder. Du bist müde", sagte Olivia und stand auf.

„Warte …"

Der Blick aus seinen Bernsteinaugen traf sie mitten in die Magengrube. Sie wollte wegsehen, doch eine unbekannte Kraft hielt sie fest.

„Darf ich dich auf einen Kaffee einladen oder knurrst du mich dann wieder an?"

„Ja, ich meine, nein. Nein, ich knurre nicht und ja, du darfst mich einladen."

Fabian lachte leise. „Morgen? Oder übermorgen?"

„Du kannst mich ja anrufen." Olivia fragte sich, wie sie es schaffte, normal weiter zu sprechen und Fabian ihre Handynummer zu geben. Aber sie schaffte es. Dann verabschiedete sie sich und schwebte hinaus.

Erst als jemand scharf hupte, weil sie ihm fast vor die Kühlerhaube gerannt wäre, kam sie wieder zu sich.

Fabian.

Er war nicht so schwer verletzt, wie sie befürchtet hatte. Er war nicht sauer, wie sie es verdient hätte.

Und sie hatte ein Date. Ein Date mit dem coolsten Typen auf dem ganzen Globus.

*Wenn Yasi wieder da ist, werde ich ihr das als erstes erzählen. Und dann versöhnen wir uns.*

# 11

Als Olivia die Haustür aufschloss, hörte sie die Kennmelodie der Regionalnachrichten. Jay saß also bereits im Wohnzimmer und sah fern. Ihr fiel ein, dass er heute keine Probe hatte und den Abend zu Hause verbringen würde. Endlich. Im vergangenen Monat hatte er bestimmt nicht mehr als drei oder vier freie Abende gehabt. Sie schlüpfte aus der Jacke und hängte sie auf den Bügel. Dann wollte sie in ihr Zimmer schleichen, damit er nicht fragen konnte, wo sie sich schon wieder herumgetrieben hatte.

„Nein!"

Alle Härchen stellten sich auf, als Olivia Jays heiseren Schrei hörte. Sie raste ins Wohnzimmer. Den Blick auf den Bildschirm gerichtet, stand er da, gekrümmt, als könnte er sich nicht entscheiden, ob er sich setzen oder aufrichten sollte. Seine Hände suchten Halt am Couchtisch. „Nein", flüsterte er und noch einmal „Nein."

In diesem Moment wusste Olivia, was sie erwartete. Sie hätte nicht hinsehen müssen. Dennoch folgte sie zwanghaft seinem Blick.

Die Kamera schwenkte über ein Haus, das heruntergekommen aussah. Eine halb verfallene Bruchbude, an deren Wänden Graffiti prangten. Der Putz war großflächig abgebröckelt und alle Fensterscheiben waren zerbrochen. Vor dem türlosen Eingang flatterte ein rot-weißes Absperrband im Wind. Das kantige Gesicht eines älteren Mannes wurde herangezoomt.

*Oberst Klaus Fiegl, Chef des Landeskriminalamts* war am unteren Bildrand eingeblendet.

„Haben Sie die Tote schon identifiziert, Herr Oberst?“, fragte der Reporter.

„Es handelt sich um die Leiche der 16-jährigen Schülerin Yasemin Gökdal, die seit gestern Abend vermisst wurde. Eine Obdachlose hat sie in diesem Abbruchhaus gefunden, als sie sich dort nach einem Schlafplatz umsehen wollte.“

„Wie ist die Schülerin gestorben?“

„Sie wurde erschlagen, vermutlich schon gestern. Für nähere Informationen müssen wir den Obduktionsbericht abwarten.“

„Handelt es sich um ein Sexualverbrechen?“

„Bis jetzt deutet nichts darauf hin. Wie gesagt, der genaue Obduktionsbericht wird uns morgen Vormittag vorliegen.“

„Gibt es bereits einen Verdächtigen? Zeugen?“

„Bis jetzt haben sich noch keine Zeugen gemeldet. Auch von der Tatwaffe fehlt jede Spur. Ich bitte um Verständnis, aber wir stehen erst am Anfang unserer Ermittlungen. Sobald wir neue Erkenntnisse haben, werden wir …“

Jay drehte den Fernseher ab.

Dann umarmte er Olivia und drückte sie so fest, dass es wehtat. Und doch hoffte sie, er würde sie nie wieder loslassen.

Als er sich von ihr löste, glänzte eine feuchte Spur auf seinen Wangen. Es war ein befremdlicher Anblick. Bis jetzt hatte sie ihren Vater noch nie weinen sehen.

Yasi ist tot, dachte sie. Meine beste Freundin.

Ermordet.

Sie horchte in sich hinein, doch sie fühlte nichts. Gar nichts. Nur eine seltsame Leere und etwas, das ihr wie ein Stein kalt und hart im Magen lag.

# 12

Die Melodie ist wieder da. Die schrille Melodie. Hohe, abgehackte Stimmen, die eine atonale Tonfolge bis zum Erbrechen wiederholen. Bis sie sich in meinem Kopf festsaugt wie ein Heer von Blutegeln. Ich kann mich nicht konzentrieren, kann nichts denken. Mein ganzes Gehirn ist ausgefüllt von dem Gekreische. Verschwunden ist die Wärme, verschwunden das Gefühl von Genugtuung und Befreiung. Eisige Krallen legen sich um meinen Nacken, wie damals, als mein Bruderschwein noch lebte und seine grausamen Spielchen mit mir trieb.

Die Angst blüht auf. Angst, dass es nicht gut geht. Dass ich einen Fehler gemacht habe.

Warum wird in keiner Zeitung die Mordwaffe erwähnt? Schweigt die Polizei aus taktischen Gründen? Oder haben sie sie wirklich nicht gefunden?

Wenn es so ist, kann es nur einen Grund dafür geben. Die Obdachlose, die die Leiche entdeckt hat, muss das glänzende Ding für wertvoll gehalten und geklaut haben.

So ein Mist!

Diese Schwachstelle hätte ich voraussehen müssen. Mein ausgeklügeltes Konzept weist Schönheitsfehler auf.

Ich muss gegensteuern. Zu Plan B übergehen. Heute Nacht noch.

Wie heißt es bei Rilke?

*Ach gerne möcht ich sie bei irgendwas*
*Verlorenem im Dunkel unterbringen*
*an einer fremden stillen Stelle …*

Ja. So mache ich es. Plan B. Ich werde auf die Trophäe verzichten und sie an einer stillen Stelle unterbringen. Und schon morgen wird die richtige Person sie finden. Die stille Stelle wird sich in eine turbulente verwandeln und Polizisten werden sich dort gegenseitig auf die Füße steigen. Und dann werden sie IHM im Genick sitzen.

# 13

Olivia rannte. Der Lenz war ihr auf den Fersen. Er wollte sie in die Bibliothek sperren, weil sie abgeschrieben hatte. Obwohl sie lief, so schnell sie konnte, hörte sie das Keuchen des alten Mathelehrers immer näher kommen. Schon spürte sie seinen Atem im Nacken. Dann krallte er seine knochigen Hände in ihre Schulter, riss sie herum. Sie schrie auf.

Doch nicht dem Lenz starrte sie ins Gesicht, sondern Yasi. „Du?“, stammelte Olivia.

Yasi lächelte und gab ihr etwas. Einen Brief. „Hier, nimm. Das ist der Schlüssel.“

„Welcher Schlüssel?“ Olivia griff nach dem Kuvert, das sich flach anfühlte. Einen Schlüssel enthielt es bestimmt nicht, höchstens ein Blatt Papier. Doch es entglitt ihr und fiel hinunter.

Ein metallisches Scheppern ertönte, als Yasis Brief auf dem Boden aufkam. Es klang wie der Schlag auf eine Hi-Hat.

Olivia schrak hoch. Ihr Herz jagte.

Sie lauschte in die Dunkelheit. Nichts. Das Geräusch hatte so echt geklungen, aber natürlich hatte sie es nur geträumt. Komischer Traum.

Plötzlich hörte sie ein Rascheln im Zimmer, gefolgt von einem Klappern. Sie setzte sich auf.

„Ach du bist das, Sting. Mensch, hast du mich erschreckt!“

Noch lauteres Klappern und Scharren war die Antwort. Sting schob den Blechnapf in seinem Gehege herum. Olivia knipste die Nachttischlampe an und stand auf.

„Hast du etwa schon wieder Hunger? Du Vielfraß!“

Das Schälchen glänzte, so sauber hatte es der Igel ausgeleckt. Sie nahm eine Dose Katzenfutter, öffnete sie und löffelte die Hälfte in den Napf. Sofort machte Sting sich darüber her. Er schmatzte so laut, dass Olivia lachen musste.

Sie biss sich auf die Lippen. Yasi war tot. Tot, ihre beste Freundin. Und sie konnte noch lachen.

Eine Welle Übelkeit stieg in ihr hoch. Sie würgte, schlug die Hand vor den Mund und sprang auf. Dabei stolperte sie über die geöffnete Futterdose, die umfiel und quer durchs Zimmer rollte. Mit Müh und Not erreichte Olivia das Bad und schaffte es gerade noch, den Kopf über die Kloschüssel zu beugen. Sie erbrach sich mehrfach. Als die Krämpfe endlich nachließen, erhob sie sich mit zittrigen Knien. Sie zerrieb Zahnpasta auf ihren Zähnen und spülte den Mund, aber ganz konnte sie den galligen Geschmack nicht vertreiben. Dann tappte sie in ihr Zimmer zurück und kauerte sich in ihrem Bett zusammen. Obwohl sie sich unter die Decke kuschelte, bibberte sie vor Kälte. Es war eine Kälte, die von innen kam. Von den eisigen Fingern, die ihr Herz umklammert hielten.

Yasi war tot. Ausgelöscht von irgendeinem Wahnsinnigen. Denn nur ein Wahnsinniger konnte so etwas getan haben, oder? Sie versuchte, die lächelnde Yasi heraufzubeschwören, aber es ging nicht. Die Yasi, die sie vor sich sah, blickte ernst und ein bisschen vorwurfsvoll, mit zusammengezogenen Augenbrauen. Als wäre sie immer noch wütend.

„Es tut mir so leid", sagte Olivia in die Dunkelheit. „Wenn ich den blöden Streit nur rückgängig machen könnte."

Niemand antwortete. Natürlich nicht.

In dem merkwürdigen Traum hatte Yasi gelächelt. Was bedeutete nur der Brief? Wollte sie ihr etwa eine Botschaft übermitteln? Aus dem Jenseits?

*Blödsinn.*

Olivia schloss die Augen, einschlafen konnte sie nicht mehr. Um halb sechs Uhr gab sie es auf und stieg aus dem Bett. Jetzt erst sah sie die Schweinerei, die sie in der Nacht angerichtet hatte. Die Katzenfutterdose war bis unters Bett gerollt und hatte eine Spur aus schleimigen Fleischstückchen auf dem Parkettboden hinterlassen.

Angeekelt schlich Olivia über den Flur in die Abstellkammer, um einen Lappen zu holen. Sie drückte auf den Lichtschalter. Nach mehrmaligem Flackern tauchte die Neonröhre den winzigen Raum in kaltes Licht. Olivia bückte sich und griff nach dem blauen Plastikeimer. Etwas Silbriges blitzte auf. Ein Kettchen, halb eingeschlagen in den Putzlappen. Mit spitzen Fingern entfaltete sie ihn.

Sie erstarrte. Wagte nicht zu atmen.

Ihr Blick fiel auf eine Silberkette. An der Kette baumelte ein Anhänger, den sie gut kannte. Ein türkisfarbenes Auge, in Silber gefasst. Das Auge der Fatima, das Amulett, das Yasi ständig getragen hatte. Nie hatte Olivia ihre Freundin ohne das Schmuckstück gesehen, außer beim Turnunterricht.

Sie bemerkte, dass der Verschluss ausgerissen war. Olivia drehte den Anhänger um. Auf der Rückseite prangte ein schwärzlicher Fleck. War das Blut?

Zischend sog Olivia Luft ein.

Wie um alles in der Welt kam Yasis Halskette in die Abstellkammer?

*Jay.*

Es war ihr erster Gedanke und er war so furchtbar, dass sie am liebsten mit dem Kopf gegen die Wand gerannt wäre. Hatte Jay etwas mit Yasis Tod zu tun?

*Nein. Unmöglich. Das darf nicht sein.*

Er hatte Yasi gemocht, fast wie … wie eine zweite Tochter. Niemals hätte er ihr ein Haar gekrümmt.

Was sollte sie jetzt machen? Die Polizei verständigen?

Damit würde sie den eigenen Vater als Verdächtigen präsentieren und vermutlich würden sie sich darauf stürzen. Ein gefundenes Fressen.

Nein, die Bullen durften auf keinen Fall von der Kette erfahren.

Und wenn Jay doch …?

Ein schrecklicher Film spulte sich vor Olivias innerem Auge ab.

Jay, wie er Yasi unterrichtet. Yasi, wie sie stolpert und stürzt. So unglücklich stürzt, dass sie mit dem Kopf auf einer harten Kante aufschlägt. Jay, der darüber entsetzt ist und die Nerven verliert. Der ihre Leiche in den Kofferraum packt und mitten in der Nacht wegbringt, in das Abbruchhaus. Der später in seinem Studio die Kette findet und nicht weiß, wie er sie verschwinden lassen soll.

Olivia keuchte auf.

Aber warum hätte er sie ausgerechnet im Putzkübel verstecken sollen? Wo Marianne sie finden konnte, wenn sie zum wöchentlichen Hausputz kam?

Sie erschrak. *Marianne.* Sie kam immer mittwochs.

Heute war Mittwoch. In zwei Stunden würde sie antanzen und als erstes den Eimer aus der Abstellkammer holen. Marianne kannte die Familie Gökdal gut. Mit Yasis Mutter war sie sogar befreundet. Sie würde den Anhänger sofort erkennen, würde eins und eins zusammenzählen und die Polizei verständigen.

Olivia nahm eine Plastiktüte. Mithilfe des Lappens packte sie das Beweisstück und versenkte es in der Tüte. Diese rollte sie in ihre alten Lieblingsjeans ein, die längst nicht mehr passten, und versteckte sie zuunterst in ihrem Kleiderschrank.

Sie war vollkommen durcheinander. Böse Bilder kreisten in ihrem Kopf und es kostete viel Energie, sie zu verscheuchen.

„Reiß dich zusammen", sagte sie sich. Jetzt musste sie funktionieren. Später würde ihr schon eine Lösung einfallen. Mit roboterhaften Bewegungen wischte sie die Schweinerei am Boden weg. Sie wusch den Putzlappen aus und stellte sich unter die Dusche. Eine halbe Ewigkeit ließ sie heißes Wasser über ihren Körper rinnen, bis das Bad dampfte und ihre Haut brannte. Danach war ihr warm, sauber fühlte sie sich immer noch nicht.

# 14

Als Jay schlaftrunken die Küche betrat, hatte Olivia schon Kaffee aufgestellt und Evelyn gefüttert, die schnurrend um ihre Beine strich.

„Du bist früh heute. Schlecht geschlafen, was?“

Er umarmte Olivia und drückte sie an sich. Mit widersprüchlichen Gefühlen ließ sie es geschehen. Gerne hätte sie ihr Gesicht an seiner Schulter vergraben und sich fallen lassen. Nur seinen Geruch nach Schlaf, Bettwäsche und nach Vater eingesaugt. Aber sie dachte an Yasis Halskette, versteifte sich, riss sich los.

Jay nahm zwei Kaffeetassen aus dem Schrank und schenkte ein. „Strange“, brummte er. „Jemand stirbt, den man sehr mag, und doch der Körper ist müde. Es gibt Hunger, Durst, wie wenn …“

„Als wäre nichts geschehen“, murmelte Olivia.

Er nickte. „Das Leben geht weiter. Ist es nicht grausam?“

„Ja. Ist es.“

Jay trank seinen Kaffee im Stehen, auf den täglichen Toast mit Butter und Marmelade verzichtete er. Olivia nippte an ihrem Milchkaffee. Sie überlegte. Direkt konnte sie ihn nicht auf die Kette ansprechen. Aber vielleicht gelang es ihr, indirekt etwas aus ihm herauszukitzeln?

„Ich habe Sting gefüttert und bin über die Dose mit dem Katzenfutter gestolpert. Es hat sich über den halben Parkettboden verteilt und alles versaut."

Jay hob die Brauen. „No problem, Darling. Marianne kann es wegmachen. Sie kommt heute, oder?"

„Weggewischt habe ich es schon."

„Na prima." Er lächelte.

Es funktionierte nicht. Olivia musste deutlicher werden. „Ich habe mir einfach Eimer und Lappen geschnappt." Sie musterte ihn eindringlich. „Aus dem Abstellraum." Wenn er die Kette selbst dorthin gelegt hätte, würde er reagieren.

„Woher sonst?" Er zuckte mit den Schultern und sah sie aus seinen kaffeebraunen Augen an, die so unschuldig und verwundert guckten wie Kinderaugen zu Weihnachten.

*Unmöglich.* Vollkommen unmöglich, dass Jay von der Halskette im Eimer wusste. Niemals könnte er sich so verstellen. Jetzt war Olivia sicher. Jay hatte nichts mit dem Mord zu tun. Wie hatte sie überhaupt je an ihm zweifeln können? An ihm, der es noch nicht mal übers Herz brachte, einem Silberfisch oder einer Spinne ein Haar zu krümmen.

Erleichtert atmete sie durch und machte sich auf den Weg in die Schule.

Zwei wichtige Fragen stellten sich ihr.

Wer hatte das Beweisstück in den Eimer gelegt, wenn nicht Jay?

Und warum?

Die Antwort auf die erste Frage war klar: Es konnte

nur der Mörder gewesen sein. Olivia erinnerte sich noch genau an den blöden Streit mit Yasi am Tag ihres Verschwindens. Sie sah deutlich vor sich, wie Yasi am Küchentisch gesessen, ihren Kräutertee getrunken und mit der Kette gespielt hatte. Also hatte sie diese auch getragen, als sie ermordet wurde. Der dunkle Fleck auf dem Anhänger war zweifellos eingetrocknetes Blut.

*Der Mörder muss ihr die Kette abgenommen haben, als sie schon tot war. Er muss in der vergangenen Nacht oder in der Nacht zuvor in unser Haus eingedrungen sein und das Beweisstück in der Abstellkammer deponiert haben.*

*Aber wieso?*

Diese Frage bereitete Olivia Kopfzerbrechen. Es gab eigentlich nur eine Möglichkeit: der Täter wollte den Verdacht auf die Harrisons lenken. Also auf Jay oder auf sie.

Ein Radfahrer zischte haarscharf an ihr vorbei und brüllte einen Fluch. Sie hatte wieder mal in Gedanken versunken die Fahrbahn überquert, ohne auf den Verkehr zu achten.

*Wer hasst uns so, dass er dieses Risiko eingeht? Und wie ist er in unser Haus gekommen?*

Jay sperrte die Haustür immer doppelt ab. Und nichts hatte auf einen Einbruch hingewiesen, das hätte sie bemerkt.

Olivia betrat das Schulgebäude und rannte über die Treppe in den zweiten Stock.

Der Mörder muss einen Schlüssel gehabt haben, dachte sie.

In der 7b herrschte große Betroffenheit. Wo Olivia hinsah, blickte sie in blasse, ernste Gesichter. Die meisten schwiegen, manche unterhielten sich flüsternd. Nur Lisa saß über ein Buch gebeugt, als ginge sie das alles nichts an.

In der ersten Stunde hatten sie Deutsch. Doch der Gneiser betrat die Klasse nicht allein, sondern in Begleitung der Baba Yaga. Eigentlich hieß sie Margit Mitterhofer und war Musiklehrerin und Klassenvorstand in einem. Heute trug sie ein steingraues Kostüm statt der üblichen papageibunten Alternativkleidung. Die rote Lockenpracht floss nicht offen um ihre Schultern, sie war zu einem strengen Zopf geflochten. Sogar ihre Stimme klang fremd, als sie die Klasse über Yasis Tod informierte, mit seltsam hölzernen Worten. Sie sprach vom „Ableben" und von der „äußerst beliebten Mitschülerin". Ihre Hände hatten sich während der kurzen Rede ineinander gekrallt und sie verhaspelte sich mehrfach.

Es geht ihr nahe, dachte Olivia. Die sonst so souveräne Frau wirkte plötzlich verletzlich.

„Heute um 16 Uhr findet die Beerdigung am Westfriedhof statt. Ich bitte euch, pünktlich zu erscheinen, damit wir uns geschlossen von Yasemin verabschieden können."

Um diese Zeit hatte Olivia Schlagzeugstunde. Sie nahm sich vor, ihren Lehrer gleich nach der Schule anzurufen und abzusagen. Geübt hatte sie ohnehin nicht.

Lisas Hand schoss hoch. „Darf Yasi denn schon beerdigt werden? Ich meine, es war doch Mord. Müssen die

Pathologen nicht alle möglichen Untersuchungen durchführen?"

„Du hast wohl zu viele schlechte Fernsehkrimis gesehen", antwortete der Gneiser mit einem Anflug von Heiterkeit.

Die Baba Yaga warf ihm einen Blick zu, der sein Lächeln atomisierte.

Er räusperte sich. Mit Grabesstimme fuhr er fort: „Erstens werden Obduktionen an Mordopfern von Gerichtsmedizinern durchgeführt, nicht von Pathologen. Zweitens dauert so eine Untersuchung nur wenige Stunden. Danach wird der Leichnam freigegeben."

„Aber warum scharren sie sie gleich ein und warten nicht bis zum Wochenende?"

„Lisa!" fauchte die Baba Yaga. „Ein bisschen mehr Respekt, bitte. Du redest von einer toten Mitschülerin, noch dazu von deiner Freundin, wenn ich mich nicht irre." Sie senkte die Stimme und fuhr fort: „Yasemin war Muslimin, doch keine strenggläubige. Deshalb hat sie nie ein Kopftuch getragen. Trotzdem wird sie nach islamischem Brauch begraben. Und der schreibt vor, dass Tote möglichst schnell bestattet werden sollen."

Lisa verzog den Mund zu einem abfälligen Grinsen. Es juckte Olivia, zu ihr hinüberzugehen und ihr eine zu scheuern.

Dreimaliges Klopfen vereitelte ihre Pläne. Ein Mann betrat die Klasse. Er war schlaksig. Das schüttere Haar trug er seitlich über den Schädel gekämmt. Die Baba Yaga stellte ihn als Schulpsychologen Georg Kendlbacher vor.

„Dr. Kendlbacher steht euch für Fragen im Zusammenhang mit Yasemins tragischem Tod zur Verfügung."

Der Psychologe verbeugte sich leicht.

„Wer will kann also hier bleiben und mit ihm sprechen, die anderen dürfen nach Hause gehen. In Anbetracht der Umstände findet heute kein Unterricht statt."

Olivia hatte null Bock auf Psycho-Gelaber und auch ihre Klassenkameraden zeigten wenig Interesse. Lisa stand auf und schlurfte zum Pult, wo Kendlbacher Platz genommen hatte. Die Sohlen ihrer Stiefel quietschten über den Kunststoffboden, ein widerliches Geräusch. Mit leidender Miene beugte sie sich zu dem Seelenklempner hinunter und fragte etwas.

Ausgerechnet Lisa tat jetzt so, als ob ihr Yasis Tod unglaublich nahe ginge! Olivia schüttelte sich. Sie hätte zu gern in den Kopf ihrer Freundin geschaut. Was sich da in letzter Zeit abspielte, konnte sie beim besten Willen nicht nachvollziehen. Als ob Lisa ihr innerhalb weniger Tage komplett fremd geworden wäre.

Grübelnd ging Olivia nach Hause.

Als sie die Haustür aufschloss, schlug das Dröhnen des Staubsaugers an ihr Ohr. Marianne drehte im Erdgeschoss ihre Runde. Olivia flüchtete in ihr Zimmer und versuchte nachzudenken.

Sie war bei der Frage stehen geblieben, wie Yasis Mörder ins Haus gekommen war. Da nichts auf einen Einbruch hindeutete vermutlich mit einem Schlüssel.

Nur drei Leute besaßen einen: sie selbst, Jay und Marianne.

Konnte Marianne etwas damit zu tun haben?

Unmöglich. Sie hatte Yasi gemocht. Und wieso sollte sie nachts ins Haus schleichen? Sie hätte die Kette heute Morgen mitbringen und unbemerkt in den Eimer legen können. Und dann so tun, als hätte sie sie gerade gefunden.

Nein, das war eine Sackgasse. Vielleicht musste Olivia überhaupt anders an die Sache herangehen und zuerst über ein Mordmotiv nachdenken.

Wer hasste Yasi so sehr, dass er sie umbrachte? Die meisten Mitschüler mochten Yasi, wegen ihrer Hilfsbereitschaft und Verlässlichkeit. Sie hatte gern gelacht, am liebsten über sich selbst. Ein Mädchen mit Prinzipien, aber auch ein Mädchen zum Pferde stehlen.

Olivia ballte ihre Fäuste. Vielleicht war Yasi einfach zur falschen Zeit am falschen Ort gewesen? Vielleicht war sie von jemandem aus der rechten Szene erschlagen worden? Weil sie Türkin war. Doch warum sollten Neonazis die Tat Jay anhängen wollen? Oder ihr selbst? Nein, das war auch ein Holzweg.

Ihr fiel nur eine Person ein, die Yasi kurz vor ihrem Tod gehasst hatte.

Lisa.

Würde sie deshalb morden? Aus Eifersucht? Um Max zurückzuerobern?

Der Staubsaugerlärm kam näher. Olivia versuchte, ihn auszublenden. Vergebens.

Es klopfte.

„Tut mir leid, Olivia, aber ich muss in deinem Zimmer weitermachen."

„Lass gut sein. Ist doch sauber genug. Fast steril, findest du nicht?“

Marianne verdrehte die Augen, ließ sich aber leicht überreden. Sie stellte den Staubsauger ab.

Und jetzt kam, was Olivia befürchtet hatte. Marianne begann zu quasseln. Natürlich redete sie über die schreckliche Tat und über Yasi und was für ein gutes Mädchen sie gewesen war. Dann folgte eine Abhandlung über die Bösartigkeit der Menschen im Allgemeinen und des brutalen Mörders im Besonderen, über die Zunahme der Kriminalität und über „ganz früher“, wo alles noch anders und besser gewesen war. Ohne Übergang wechselte sie zum Thema Schule, sprang auf das Thema Staubsaugen und zog einen haarsträubenden Vergleich zwischen Männern und Staubsaugertypen.

Wie gute Didgeridoo-Spieler schien Marianne die Technik der Zirkularatmung zu beherrschen. Sie konnte gleichzeitig reden und atmen.

„Ach sag mal, was ich dich fragen wollte: Weißt du, wohin die Glitzerfigur aus Jays Studio verschwunden ist?“

„Glitzerfigur?“

„Die mir beim Abstauben immer im Weg war. Diese kleine Statue von dem Geiger, die im Bücherregal stand.“

Olivia hörte nur halb hin. Sie überlegte, wie sie Mariannes Sprechdurchfall möglichst elegant beenden konnte. „Keine Ahnung“, sagte sie vorsichtshalber. Das passte meistens.

„Letzte Woche war sie noch da.“

„Wer?“

„Na, die Glitzerfigur. Dieser Geiger. Sag, hörst du mir überhaupt zu?“

„Freilich. Aber weißt du, Marianne, ich habe da ein ziemliches Problem mit Mathe und müsste dringend lernen …“

„Ist gut. Ich habe verstanden. Bin schon weg.“ Sie sah auf ihre Armbanduhr. „Oh, da habe ich mich wohl wirklich verplaudert. Den Keller putze ich dann nächste Woche, das schaffe ich heute nicht mehr.“

Marianne zog den Staubsauger hinter sich her wie einen unfolgsamen Hund und ging. Endlich.

Olivia versuchte, an ihren letzten Gedanken anzuknüpfen. Das Mordmotiv. Lisas Eifersucht und ihr Hass auf Yasi. Könnte sie Yasi ermordet haben, mit der sie vor kurzem noch dick befreundet war?

Olivia schlug sich mit der flachen Hand gegen die Stirn. So etwas durfte sie nicht einmal denken. Das war fast so schlimm wie den eigenen Vater zu verdächtigen.

Lisa war manchmal aufbrausend. Wenn ihr was nicht passte, konnte sie ziemlich fies und zickig sein. Und in letzter Zeit hatte sie sich nicht gerade zu ihren Gunsten verändert.

*Aber sie ist meine Freundin. Aus. Basta.*

Olivia stöhnte. So kam sie nicht weiter.

Sie musste sich jemandem anvertrauen. Jemandem, der mit Yasi nichts zu tun hatte. Einer neutralen Person.

Unwillkürlich dachte sie an Fabian. Er kannte Yasi zwar, aber nicht besonders gut.

*Er wäre ein idealer Berater.*

„Du suchst ja nur einen Vorwand um ihn wieder zu sehen", zischte eine böse kleine Stimme in ihrem Kopf.

*Ich könnte ihn anrufen.*

„Er wird denken, dass du ihm nachläufst", sagte die Stimme. Olivia ging ein paar Mal in ihrem Zimmer auf und ab.

*Nachlaufen? Ich? Kommt nicht in die Tüte.*

Wenn Fabian sich bei ihr meldete, wie er es versprochen hatte, würde sie ihn um seinen Rat fragen. Wenn nicht, dann nicht. Dann musste sie ihre kleinen grauen Zellen eben alleine strapazieren.

# 15

Es regnete in dünnen Schnüren und der Schnee, der in den letzten zwei Tagen gefallen war, schmolz rasch. Unendlich langsam setzte sich der Trauerzug in Bewegung. An seiner Spitze schritt der Imam, der eine runde Kappe trug und einen weißen Kaftan. Hinter ihm schulterten vier Männer den Sarg, über den ein dunkelgrünes Tuch mit arabischen Schriftzeichen gebreitet war. Zwei von ihnen waren Demir und sein Vater. Die beiden anderen mussten nahe Verwandte sein, doch Olivia kannte sie nicht. Alle hatten weiße Hemden an, die lose über die Hosen hingen. Ihr fiel ein, dass im Islam Weiß als Farbe der Trauer galt.

Die Frauen, an der Spitze Yasis Mutter, folgten in einigem Abstand. Dahinter gingen die übrigen Trauergäste. Olivia erkannte Marianne, die sich bei einem jungen Mann eingehakt hatte. Bestimmt war das ihr Sohn, zumindest glichen sich ihre Nasen wie ein Ei dem anderen.

Den Schluss des Trauerzuges bildeten Yasis Mitschüler. Zu Olivias Überraschung waren wirklich alle gekommen. Auch einige Lehrer hatten sich eingefunden. Die Baba Yaga, der Gneiser, die Zeichen- und die Sportlehrerin, sowie der alte Geographieprofessor, der vor kurzem in Pension gegangen war. Sogar der Lenz. Und Jay natürlich.

Kies knirschte unter den Schuhen der Friedhofsbesucher.

Von hinten näherten sich schnelle Schritte. Olivia spürte eine Hand auf ihrer Schulter und drehte sich um.

Fabian. Sie musste ihre ganze Konzentration aufbringen, um nicht zu lächeln. Schließlich handelte es sich hier um Yasis Begräbnis. Ein Lächeln hätte einfach nicht gepasst.

„Hallo“, murmelte Fabian und ging wie selbstverständlich neben ihr her.

„Wie geht's dir?“, fragte Olivia leise. „Immer noch Kopfschmerzen?“

„Wird schon. Sag mal, hast du Max gesehen?“

„Nein.“

„Merkwürdig. Er sollte längst hier sein.“

Inzwischen hatten die Sargträger mit dem Imam die muslimischen Gräberfelder erreicht und der Zug kam zum Stehen. Vorsichtig wurde der Sarg abgesetzt. Der Imam hielt eine Rede auf Türkisch. Dann sprach die Baba Yaga sehr ergreifende Worte. Diesmal verhaspelte sie sich nicht und wirkte auch nicht hölzern.

Zum Glück muss Jay nichts sagen, dachte Olivia. Anschließend beteten alle gemeinsam, jeder in seiner Sprache.

„Allahu akbar“, rief der Imam über Yasis Sarg aus, immer wieder.

„Was heißt das?“

„Gott ist groß“, antwortete Fabian.

Yasis Mutter presste eine Hand vor den Mund.

„Sie darf nicht laut schluchzen, das gehört sich nicht“, erklärte er.

Gemeinsam mit Demir hob Herr Gökdal den Deckel vom Sarg.

„Was passiert jetzt?", fragte Olivia.

Fabian raunte ihr ins Ohr. „Muslime bestatten ihre Toten ohne Sarg, nur in ein Leichentuch gehüllt. Das ist im Koran so vorgeschrieben."

„Woher weißt du das?"

„Die Schwester meiner Mutter ist mit einem Türken verheiratet. Sie betreiben ein Hotel in Antalya. Wir besuchen sie jeden Sommer. Und einmal war ich auch auf einer Beerdigung."

Die beiden Männer hoben ein helles Bündel aus dem Sarg, das erstaunlich klein wirkte.

Olivia schluckte.

Das ist nicht Yasi, dachte sie. Das ist nur eine Hülle. Nur eine leere Hülle. Die echte Yasi, die fliegt irgendwo herum, hoch oben, wo es hell ist.

Etwas in ihrem Inneren brach. Die Tränen, die sich bis jetzt hartnäckig geweigert hatten, geweint zu werden, flossen ungehindert über ihr Gesicht. Sie schämte sich nicht dafür. Irgendwann fühlte sie Fabians Hand, die ihre festhielt, als wäre es das Natürlichste auf der Welt.

Nachdem Demir und Herr Gökdal Yasis Leichnam in das ausgehobene Grab gebettet hatten, mit Blickrichtung nach Mekka, wie Fabian erklärte, warfen die Männer eine Schaufel Erde in die Grube.

Am Ende der Zeremonie verabschiedeten sich die Gökdals persönlich von allen Trauergästen und gaben jedem ein Gebäckstück mit.

„Du darfst auf keinen Fall ablehnen“, flüsterte Fabian ihr zu, „das wäre eine große Beleidigung.“

Als Olivia in das verhärmte Gesicht von Yasis Mutter blickte, die ihr die Hand reichen wollte, umarmte sie die kleine runde Frau spontan und drückte sie an sich. Frau Gökdal erwiderte die Umarmung und ließ Olivia lange nicht los, bis Demir mit zusammengezogenen Brauen herübersah.

Auf dem Nachhauseweg fühlte Olivia sich irgendwie erleichtert. Die Wut und das Unverständnis über das Geschehene waren einer stillen Trauer gewichen. Sie hatte von Yasi Abschied genommen.

*Ich werde dich nie vergessen.* Sie flüsterte die Worte in den Wind, der die letzten Blätter von den Alleebäumen riss.

*Und ich werde herausfinden, wer dich ermordet hat. Das verspreche ich dir.*

Mit Fabians Hilfe würde es ihr schon gelingen. Nach der Beerdigung hatte er Olivia gefragt, ob sie am Freitag mit ihm Kaffee trinken ginge. Ins *Lichtblick.*

Natürlich hatte sie zugesagt.

Ihr Herz klopfte schneller, wenn sie nur daran dachte. Freitag. Das waren noch zwei Tage. 48 Stunden, die Olivia für Nachforschungen nutzen wollte.

# 16

Am nächsten Tag war Yasis Tod noch immer Gesprächsstoff Nummer eins. Doch man merkte, dass allmählich der Alltag einkehrte. Der Lärmpegel in den Pausen näherte sich dem Durchschnittswert. Die Betroffenheit wich zwischendurch mal einem Lächeln, das abriss, wenn der Blick der lächelnden Person auf Yasis leeren Platz fiel, auf dem eine Vase mit einer weißen Rose stand; oder auf die Pinwand, wo ein schwarz umflortes Portrait von Yasi angeheftet war.

Die Baba Yaga trug wieder ihr übliches Outfit: einen langen, fließenden Rock zu einer erdbeerfarbenen Batikbluse, die sich mit ihrer kupferroten Lockenpracht biss.

„Heute beschäftigen wir uns mit der russischen Musik im 19. Jahrhundert“, verkündete sie mit erhobenem Zeigefinger wie eine große Neuigkeit. Dabei quälte sie die Klasse schon seit Schulbeginn mit ihrem absoluten Lieblingsthema. Einige stöhnten. Aber die Baba Yaga ließ sich nicht beirren. Sie schüttelte ihr Hexenhaar und legte eine CD in den Player. „Ich spiele euch zuerst die *Bilder einer Ausstellung* von *Modest Mussorgsky* vor, und zwar in der Originalversion für Klavier. Hört gut zu, denn im Anschluss daran stelle ich euch Fragen, die sich auf die Musik beziehen.“

Olivia lehnte sich zurück und schloss die Augen. Sie kannte das Werk, es dauerte fast 40 Minuten. Für Fragen würde danach nicht viel Zeit bleiben.

Kaum waren die ersten Takte der „Promenade" erklungen, klopfte es. Ohne auf eine Aufforderung zu warten wurde die Tür aufgerissen und zwei Männer in Jeans und Lederjacken betraten den Musiksaal. Die Baba Yaga hob die Brauen.

„Shit, die Bullen!", raunte Melanie.

Der Jüngere der beiden war untersetzt. Seinem Kugelbauch zufolge hätte er im neunten Monat schwanger sein müssen. Er stellte sich als Chefinspektor Nepomuk Vent vor. Mel kicherte halblaut.

Olivia wunderte sich. Sie hatte immer gedacht, dass nur sportliche Männer Polizisten werden konnten.

Vents Kollege war etwas älter, vielleicht um die fünfzig, und sah unauffällig aus, bis auf seine Füße. Die steckten in Lackschuhen, die bei jedem Schritt knirschten. Er hieß Lindinger und hielt sich im Hintergrund.

„Wie ihr euch sicher denken könnt, geht es um den Mord an eurer Mitschülerin Yasemin Gökdal. Wir bitten euch, unsere Ermittlungen zu unterstützen, indem ihr uns was über Yasemin erzählt. Besonders diejenigen von euch, die sie besser gekannt haben oder mit ihr befreundet waren."

Instinktiv machte Olivia sich so klein wie möglich.

„Wir möchten gerne wissen, ob Yasemin sich in letzter Zeit anders verhalten hat als sonst. Hat sie sich mit jemandem getroffen und wenn ja, mit wem."

Olivia warf einen Seitenblick zu Lisa, die verbissen in ihrem Heft herumkritzelte.

Nach einer quälend langen Pause meldete sich Mel. „Ich habe Yasi am Sonntag in der Stadt gesehen, Hand in Hand mit Max. Sie haben beide total verliebt gewirkt."

„Max Kuschitzky, danke. Von seiner Existenz wissen wir bereits. Gab es sonst noch jemanden, mit dem sie in letzter Zeit häufiger zusammen war?" Der Kugelbauch zog den Reißverschluss seiner Jacke auf und zu.

Lisa sprang auf. „Mit mir zum Beispiel. Ich war ihre beste Freundin. Außerdem habe ich sie am Klavier begleitet. Und Max war ja auch zuerst mit mir zusammen, bis ich ihn an Yasi abgetreten habe."

Olivia hielt die Luft an. Unglaublich! Über soviel Frechheit konnte sie nur staunen.

„Wann hast du Yasemin zuletzt gesehen?"

„Am Samstagabend", sagte Lisa und setzte sich wieder.

Olivia grübelte. Sollte sie sich melden und etwas Belangloses aussagen? Oder sollte sie lieber still sein und hoffen, dass man ihr nicht ansah, was sie über die Existenz einer gewissen Kette wusste. Schließlich zeigte sie auf und erzählte, dass sie Yasi am Montag vor ihrer Geigenstunde zuletzt getroffen hatte. Dass sie Tee getrunken und sich über Yasis neue Liebe unterhalten hatten. Den Streit verschwieg sie und das Schmuckstück sowieso.

Da sich niemand mehr meldete, war die Befragung bald zu Ende. Vent und Lindinger verließen den Musiksaal, der eine schnaufend, der andere knirschend.

„Na bravo“, sagte Mel kopfschüttelnd. „So wie die aussehen, finden sie Yasis Mörder nie.“

Olivia presste die Lippen zusammen.

Gut möglich, dass die Kripo versagte. Aber sie, sie durfte nicht versagen. Yasi zuliebe. Und wegen Jay.

Sie musste mit Max sprechen. Er kannte Yasi von einer anderen Seite. Vielleicht wusste er etwas Entscheidendes. Etwas, das Olivia weiterbringen würde.

# 17

Die schrillen Töne quälen mich schon den ganzen Tag. Ich fühle mich krank. Außerstande, einen Ausweg zu suchen. Ich verstehe nicht, was diesmal schief gegangen ist. Warum ist ER noch immer nicht in Haft?

Hat die Putze die Kette nicht gefunden?

Ich weiß, dass sie dort war. Pünktlich wie jede Woche.

Dass sie den Schmuck nicht erkannt hat, glaube ich nicht.

Hat sie ihn für sich behalten?

Das wäre möglich. Wieder eine Schwachstelle, die mir entgangen ist. Wieder ein Fehler.

Was will sie mit der Kette? Sie verkaufen?

Nein. Sie weiß, dass es wertloser Tand ist.

Vielleicht erpresst sie IHN damit?

Jedenfalls hat sie nicht die Bullen verständigt, wie ich es mir ausgerechnet habe.

Fehler über Fehler.

Ich muss es ausbügeln. Nur – wie?

Der Putze auf den Zahn fühlen? Zu riskant.

Wenn ich nur einen klaren Gedanken fassen könnte!

Ich halte diese Töne nicht mehr aus, die sich in meine Kopfhaut bohren wie scharfe Metallformen. Die mich außer Gefecht setzen. Dieses Quieken und Kreischen, das sich nicht abstellen lässt. Eine Melodie der Ausweglosigkeit!

Im Moment kann ich nichts tun. Nur abwarten und hoffen.

*Auf welches Instrument bin ich gespannt?*

*Und welcher Scheiß-Geiger hat es in der Hand und hat überall seine dreckigen Finger im Spiel? Seine dreckigen Scheiß-Finger in meinem Spiel!*

*Verdammtes Lied!*

*Lied aus Missklängen!*

# 18

Olivia atmete tief durch. Ihr Zeigefinger glitt über die Namensschilder und blieb bei *Kuschitzky* hängen. Sie klingelte.

Es summte. Sie drückte gegen die Tür, die mit einem lauten Klacken aufsprang und Olivia ins Haus stolpern ließ. Während sie die vier Stockwerke hochstieg, überlegte sie, wie sie ihre Fragen an Max formulieren sollte.

Vielleicht lag hier der Schlüssel zu dem Fall. Zumindest war Max die auffälligste Veränderung in Yasis Leben gewesen, kurz bevor sie starb. Dass er etwas mit ihrem Tod zu tun haben könnte, daran glaubte Olivia keine Sekunde.

Als er ihr die Wohnungstür öffnete, prallte sie zurück.

„Mensch, Max! Was ist denn mit dir passiert?"

Seine Nase sah doppelt so groß aus wie sonst, violett verfärbt und seltsam schief. Als wäre sie gebrochen. Ein tiefer Cut verlief quer über die geschwollene Unterlippe. Blaue Flecke und Kratzer bedeckten Max' Arme. Olivia vermutete, dass sich auch dort, wo die Kleidung es verbarg, ein Bluterguss an den anderen reihte.

Zum Glück war Max allein zu Hause. Es wäre ihr peinlich gewesen, seinen Eltern zu begegnen und irgendeine Erklärung abgeben zu müssen. Er führte sie in sein Zimmer und bot ihr eine Cola an.

„Wer hat dich so zugerichtet?“, fragte sie und deutete auf sein Gesicht.

„Dreimal darfst du raten.“

„Demir?“

„Dabei ist der Typ einen halben Kopf kleiner als ich“, murmelte Max hinter zusammengebissenen Zähnen.

„Aber zäh und durchtrainiert“, sagte Olivia. Und Max war zwar nicht dick, aber etwas schwabbelig. Kein Wunder, er saß ja auch tagein, tagaus am Computer.

„So eine Schande. Demir hat keine einzige Schramme abbekommen. Ich war zu langsam und total überrascht.“

Und du bist viel zu gutmütig und einfach kein Schlägertyp, dachte Olivia. „Warum hat er das getan? Glaubt er etwa, dass du was mit …“, sie senkte die Stimme, „… Yasis Tod zu tun hast?“

„Keine Ahnung. Jedenfalls wollte er verhindern, dass ich zum Begräbnis komme. Und das ist ihm geglückt.“

Ihr fielen Max' gerötete Augen auf und die dunklen Ringe darunter.

„Du hast sie wahnsinnig gern gehabt, was?“, murmelte sie.

„Ja. Eigentlich schon lange. Aber den Mut, es mir einzugestehen hatte ich erst nach dem letzten Streit mit Lisa. Und den Mut, es Yasemin zu sagen, erst nach dem Konzert.“

Max sprang auf. „Wenn ich das Schwein in die Finger kriege, das das getan hat, dann …“ Er humpelte zum Fenster. An den Zuckungen seines Hinterkopfs sah Olivia, dass er heulte. Am liebsten hätte sie ihn umarmt, aber sie ließ es sein. Womöglich würde er sich für seine Schwäche schämen.

„Yasi war meine beste Freundin. Deshalb möchte ich unbedingt herausfinden, wer sie ermordet hat.“ Dass sie das auch wollte, um jeden Verdacht gegenüber Jay auszuräumen, erwähnte sie genauso wenig wie den Fund der Kette. Das hätte Max nicht verkraftet.

Er wandte ihr sein tränennasses Gesicht zu und sah sie verwundert an. „Das ist die Arbeit der Polizei. Oder traust du ihnen nicht zu, dass sie den Mörder finden?“ Jetzt sah er aus wie ein kleiner Junge, nicht wie ein Siebzehnjähriger.

„Wer weiß?“

„Glaubst du im Ernst, dass du mehr herausfinden kannst als die erfahrensten Leute der Mordkommission?“ Er verzog seine Lippen und zuckte zusammen. Der Schnitt war aufgeplatzt und begann zu bluten.

Olivia reichte ihm ein Taschentuch. „Was bedeutet schon Erfahrung? Nur weil sie ein paar Jahre älter sind als wir, müssen sie nicht zwangsläufig klüger sein. Zu große Routine verleitet nur zur Schlampigkeit, sagt Jay immer.“

„Jay ist Künstler, das ist ja wohl was anderes.“

„Wieso? Ob Geiger oder Kriminalbeamter, worauf es ankommt ist ein bisschen Gespür. Und sehr viel Übung, Fleiß und Engagement. Ist doch in jedem Beruf dasselbe.“

„Du hast sie nicht alle.“ Max schüttelte den Kopf.

„Lass es mich einfach versuchen. Wenn ich es nicht schaffe, können wir immer noch auf die Kripo hoffen.“

Er setzte sich wieder und schwieg.

„Aber um weiterzukommen müsste ich dir einige Fragen stellen. Darf ich?"

„Von mir aus", sagte er lustlos.

Olivia holte Luft. „Erzähl mir von eurem letzten Gespräch, dem Telefonat am Montag nach der Schule. Was …" Das Schrillen der Türklingel unterbrach sie.

Max humpelte hinaus. Kurz darauf kam er mit zwei alten Bekannten zurück. Die Kripo. Kugelbauch und Knirschschuh. Vent musterte Olivia mit gerunzelter Stirn. Sie wartete nicht, bis er sie hinauswarf, sondern nuschelte eine Entschuldigung und ging.

*Bullshit.* Verärgert nahm sie ihre Jacke vom Garderobehaken und schlüpfte hinein. Hätten die beiden nicht später kommen können? Jetzt hatte Max keine einzige ihrer ausgeklügelten Fragen beantwortet.

Wenn sie wenigstens zuhören könnte! Aber das war völlig unmöglich. Und wann sich die nächste Gelegenheit ergab, Max zu befragen, stand in den Sternen. Mit hängenden Schultern schlurfte sie zum Ausgang.

*Halt! Was heißt hier unmöglich? Natürlich kann ich lauschen.* Es war zwar riskant, doch sie musste es wagen.

Olivia öffnete die Wohnungstür und ließ sie unmittelbar darauf mit Schwung ins Schloss fallen. Auf Zehenspitzen schlich sie zurück zu Max' Zimmer. Neben der Tür, die nur angelehnt war, stellte sie sich hart an die Wand. Obwohl nicht besonders laut gesprochen wurde, konnte sie bequem mithören.

„Wann hast du Yasemin zum letzten Mal gesehen?"

„Am Sonntag. Es muss gegen 17 Uhr gewesen sein.

Wir haben den ganzen Nachmittag miteinander verbracht."

„Hast du mit ihr ... ich meine, hattet ihr ein ... eine körperliche Beziehung?"

Olivia musste grinsen. Man konnte es Vents Tonfall anhören, wie peinlich ihm diese Frage war.

„Wir haben uns geküsst. Das war alles. Wir waren ja erst seit wenigen Tagen zusammen. Yasemin war nicht so eine. Nicht wie Lisa. Die hat mich sofort ins Bett gezerrt. Yasemin hätte nie ..." Max schluchzte.

„Lisa wer?" unterbrach die tiefe Stimme Lindingers.

„Lisa Baumann. Meine Exfreundin."

„Und am Montag? Ihr wart doch frisch verliebt. Habt ihr euch nicht verabredet?"

„Wir haben telefoniert, nach der Schule. Am Nachmittag hatte Yasemin Geigenstunde. Ich wollte sie danach abholen und nach Hause begleiten, um sie wenigstens kurz zu sehen. Aber sie hat abgelehnt."

„Hat sie gesagt warum?"

„Na, wegen Demir. Damit er uns nicht zusammen sieht. Er hat schon einmal Stunk gemacht deswegen, das war auf Lisas Party am Samstag."

„Demir hatte was gegen eure Beziehung? Das ist interessant, vielleicht erzählst du uns später Genaueres. Jetzt konzentrieren wir uns mal darauf, was du getan hast anstatt Yasi abzuholen. Speziell zwischen 19:00 und 19:30?"

„Ist das die Todeszeit?" Max' Stimme zitterte. „Ich habe mit meinem kleinen Bruder Englisch gelernt. Für die Klassenarbeit am nächsten Tag."

„Kann er das bestätigen?"

„Sicher. Er müsste jeden Moment nach Hause kommen."

„Gibt es noch mehr Zeugen?"

„Meine Mutter. Sie kommt aber erst abends."

„Gut. Und jetzt wüsste ich gern, wer dich so zugerichtet hat, Max. Haben die Verletzungen mit Yasemin zu tun?"

„Mit ihrem Bruder", sagte Max mit heiserer Stimme.

„Demir Gökdal hat dich so zusammengeschlagen? Mein lieber Schwan! Lindinger, hast du das notiert? Das will ich genauer wissen. Warum hat Demir das gemacht und wie war das auf der Party?"

Olivia hatte genug gehört. Zufrieden schlich sie zur Wohnungstür. Sie hatte sogar etwas Neues erfahren, nämlich die genaue Todeszeit.

*Montag zwischen 19 Uhr und 19:30.*

Als sie leise die Klinke hinunterdrücken wollte, riss jemand die Tür auf. Olivia konnte nur mit einem Sprung zur Seite verhindern, dass sie gegen die Wand geschleudert wurde.

„Was machst du denn da?", krächzte Daniel. Wie auf Knopfdruck begann sein pickelübersätes Gesicht im schönsten Ampelrot zu leuchten.

Akne und Stimmbruch, du Armer, dachte Olivia.

„Wie du siehst wollte ich gerade gehen. Ciao, Dan", sagte sie, drängte sich an Max' kleinem Bruder vorbei und entwischte ins Treppenhaus.

# 19

Olivia schwang sich auf ihr Rad. Einige ihrer Fragen an Max waren zwar unbeantwortet geblieben, aber vielleicht konnte sie das bei anderer Gelegenheit nachholen. Vorerst gab es etwas Wichtigeres, um das sie sich kümmern musste: Demir. Wie sollte sie an ihn herankommen? Natürlich kannte sie ihn von ihren Besuchen bei Yasi. Demir mochte Olivia nicht besonders. Er hatte sie immer wie Luft behandelt. Sie konnte nicht einfach bei ihm reinspazieren wie vorhin bei Max. Er würde sie vermutlich vor die Tür setzen. Ganz bestimmt würde er keinerlei Fragen beantworten.

Aber vielleicht gelang es ihr, an seinem Arbeitsplatz herumzuschnüffeln. Oder von seinen Kollegen etwas über ihn zu erfahren. Sie wusste, dass er bei *Toyota Geiblinger* als Mechaniker arbeitete. Und da fuhr sie jetzt hin. Das Autohaus lag an der Bundesstraße, mitten im Industriegebiet. Olivia trat kräftig in die Pedale. Nach zwanzig Minuten kam das neongelbe, viereckige Gebäude mit der roten Schrift in Sicht. Völlig außer Puste stellte sie ihr Rad auf der gegenüberliegenden Straßenseite ab, vor dem *Café Türkis*. Sie sah sich um. Ein Paar schlenderte über den Kundenparkplatz des Autohauses und verschwand in den Geschäftsräumen. Kaufinteressenten vielleicht. Aus der Werkstatt drang

Hämmern und das quietschende Schleifen einer Maschine.

Olivia überquerte den Parkplatz und näherte sich der Lärmquelle. Die Schiebetür stand halb offen. Neugierig lugte sie in die Halle. Ein Mechaniker lag unter einem aufgebockten Wagen, ein anderer schweißte. Er hatte schwarze Haare, aber hinter seiner Brille konnte sie nicht erkennen, ob es Demir war. Und dann kam ein dritter aus dem Nichts und packte Olivia grob am Arm.

„Na, Süße? Suchst du was Bestimmtes?“ Er grinste sie dreist an. Schweißgeruch vermischt mit Dieselöl schlug ihr entgegen.

Olivia riss sich los und wich zurück. „Nein, ähm, ich suche nichts. War nur ein Missverständnis.“ Der stechende Blick des Mechanikers erschreckte sie. Rasch machte sie sich aus dem Staub.

Das Herumschnüffeln musste sie sich abschminken. Sie hatte kläglich versagt.

*Vielleicht kann ich Demir auf dem Nachhauseweg ansprechen?* Versuchen musste sie es, auch wenn sie mit einer Abfuhr rechnete. Bestimmt hatte er um 17:00 Schluss. Sie beschloss, bis dahin im Café zu warten, betrat das *Türkis* und setzte sich ans Fenster. Von hier konnte sie das Autohaus bequem beobachten. Sie bestellte einen Caffè Latte und machte sich auf eine lange Wartezeit gefasst.

Ein anthrazitfarbener BMW fuhr vor und parkte nicht auf dem Kundenparkplatz, sondern direkt vor der Werkstatt. Olivia hielt den Atem an, als Vent und Lindinger ausstiegen.

*Nicht schon wieder! Wenigstens bin ich immer eine Nasenlänge voraus, auch wenn es mir bisher nicht viel genützt hat.*

Beide betraten die Werkstatt.

Olivias Aufmerksamkeit wurde kurz vom kahlköpfigen Kellner in Anspruch genommen, der den Caffè Latte servierte. Sie tauchte den Löffel in den Milchschaum und steckte ihn sich in den Mund. Als sie wieder zum *Geiblinger* hinüberschaute, bemerkte sie einen Mann im blauen Overall, der von der Rückseite des Gebäudes kam und über den Parkplatz rannte. Als er die Straße überquerte, erkannte sie ihn: Demir.

Er flüchtet, schoss es ihr durch den Kopf. Vermutlich war er aus dem Hintereingang geschlichen, als die Kripo nach ihm gefragt hatte.

Bremsen quietschten. Ein Autofahrer hupte wie verrückt.

Und dann raste noch jemand über die Straße: Lindinger. Trotz seiner Lackschuhe war er schnell. Olivia verlor die beiden aus den Augen. So sehr sie sich auch vorbeugte, sie konnte nichts mehr erkennen.

Nach wenigen Minuten kehrte Lindinger zurück. Er hatte Demir, der jetzt Handschellen trug, am Arm gepackt und führte ihn zum anthrazitfarbenen BMW. Dann hielt er seine Hand über Demirs Kopf und schob ihn in den Wagen.

Wie im *Tatort,* dachte sie.

Vent nickte Lindinger zu und zeigte ihm den hochgereckten Daumen. Beide stiegen ein. Mit durchdrehenden Reifen schoss der BMW auf die Bundesstraße und verschwand aus Olivias Blickfeld.

Sie sog Luft durch ihre zusammengebissenen Zähne.

*Sie haben Demir verhaftet.*

Mit einem Zischen stieß sie die angehaltene Luft wieder aus.

Sollte er tatsächlich seine eigene Schwester umgebracht haben?

Jays gereizte Stimmung ahnte sie schon, als sie die Haustür aufsperrte. Ihr Vater stand mit verschränkten Armen im Flur. Die senkrechte Falte auf seiner Stirn, die heute einer tiefen Furche glich, sprach Bände.

„Wo warst du?“ fragte er leise, gefährlich leise, mit einer Stimme, die wie dünnes Eis klang.

„Ein paar wichtige Dinge erledigen.“ Wenn er wüsste, dass sie sich in erster Linie seinetwegen herumgetrieben hatte …

„Die einzig wichtige Ding für dich ist Mathe, im Moment.“

„Das einzig wichtige. Und das stimmt nicht. Es gibt auch ein Leben außer der Schule“, sagte sie trotzig.

„Nicht jetzt. Nicht nach allem, was mit Yasemin passiert ist.“ Jays Blick flackerte. „Ich möchte nicht, dass du im Dunkeln weggehst. Und ich möchte nicht, dass du dir wegen Mathe deine Zukunft verbaust.“

„Wow, du kannst sogar in korrekten Sätzen sprechen, wenn du sauer bist!“

„Ich würde gern Deutsch lernen. Aber ich muss Geld verdienen und möglichst viele Schüler und Konzerte annehmen und …“ Das Flackern in seinem Blick wich einer verhangenen Traurigkeit.

Olivia schluckte. Sie wusste, dass er ihretwegen auf eine Karriere als Solist verzichtet hatte. Jay war ein fantastischer Geiger gewesen, er hatte Preise gewonnen und Konzerte in verschiedenen Kontinenten gegeben, ehe ihre Mutter gestorben war. Dreizehn Jahre war das nun schon her.

„Warum sind wir eigentlich nach Mamas Tod nicht in Australien geblieben?“, fragte sie unvermittelt. „Da wäre bestimmt vieles leichter für dich gewesen.“

Wie auf Knopfdruck wurden Jays Pupillen doppelt so groß. „Hör auf mit diese Fragen. Die Antwort weißt du.“

Ja, sie wusste es. Um neu anzufangen war Jay mit ihr ans andere Ende der Welt gezogen. Und um zu vergessen. Immer, wenn die Sprache auf die Vergangenheit kam, machte er dicht. Er redete nie über seine Heimat und nie über ihre Mutter, an die Olivia keinerlei Erinnerung mehr hatte. Mit elf, zwölf Jahren wäre sie fast verzweifelt deswegen. Damals wollte sie alles über ihre Herkunft in Erfahrung bringen. Inzwischen hatte sie das Thema längst aufgegeben.

„Du sollst froh sein, dass du kannst in die Schule gehen und …“

„Ja, ja, ich bin ja froh. Ich werde dir schon keine Schande machen.“ Olivia verdrehte die Augen.

„Versprich mich, dass du lernst Mathe. Ich muss zur Probe um acht.“

„Versprochen“, sagte Olivia viel zu schnell. Seinem forschenden Blick wich sie aus.

„Wenn ich nicht kann vertrauen, ich muss Henriette bitten, zu kommen.“

Olivia mochte Henriette sehr. Sie war die netteste Nachbarin, die man sich vorstellen konnte. Früher hatte sie immer aufgepasst, wenn Jay abends weg musste. Aber aus dem Alter war Olivia längst heraus. Und der Gedanke, dass er sie kontrollieren wollte, ärgerte sie maßlos.

„Ich brauche keinen Babysitter mehr! Wenn du kein Vertrauen hast, kannst du mich ja in mein Zimmer sperren."

„Also gut. Ich traue dich."

„Dir", fauchte sie und huschte an ihm vorbei, ohne ihn eines weiteren Blickes zu würdigen. Sie nahm zwei Stufen auf einmal und musste sich beherrschen, ihre Zimmertür nicht zuzuknallen.

# 20

Der Lenz war krank.

Olivia kniff sich in die Wange. Doch diesmal träumte sie nicht. Erleichtert atmete sie auf. Sie hatte zwar am vergangenen Abend fast zwei Stunden in das Mathebuch gestarrt, aber leider nichts begriffen. Null, niente, zero. Sie kapierte diese doofen Gleichungen einfach nicht. Keine Chance. So sehr sie ihre kleinen grauen Zellen gestern auch angestrengt hatte, der Sinn der Aufgaben war ihr verschlossen geblieben. Die vielen x verwandelten sich unter ihren Blicken in menschliche Gestalten und peng! kreisten ihre Gedanken um Yasis Tod, um Demirs Verhaftung und natürlich um Fabian. Vor allem um ihn und das bevorstehende Treffen. Frustriert und unwissend wie zuvor hatte sie irgendwann das Buch zugeschlagen.

Die Krankheit des Lenz kam ihr daher äußerst gelegen. Da kein Lehrer für eine Vertretung abkömmlich war, winkte eine Freistunde. Olivia nützte sie für einen Spaziergang ins *Café Central*. Dort lagen die wichtigsten Zeitungen aus. Bei einer Tasse Cappuccino blätterte sie eine nach der anderen durch. In den meisten stand nichts Neues über den Mordfall. Nichtssagende Artikel im Stil von: Die Polizei tappt nach wie vor im Dunkeln und ermittelt in alle Richtungen.

Im *Morgenblatt* wurde sie fündig. In einem ausführlichen Bericht waren die wichtigsten Ergebnisse der Obduktion und der Spurensicherung aufgelistet. Entweder hatte der Journalist, der den Text verfasst hatte, einen besonders guten Draht zur Kripo oder in der Mordkommission gab es eine undichte Stelle. Mit angehaltenem Atem las Olivia, dass Yasi mit zwei Schlägen auf den Kopf getötet worden war. Der Mörder hatte einmal von hinten, einmal von der Seite zugeschlagen. Bei der Mordwaffe musste es sich um einen stumpfen, kompakten Gegenstand handeln. Von ihr fehlte bisher jede Spur. Auch den Ort, an dem der Mord geschehen war, kannte die Polizei nicht. Oberst Fiegl, der Kripochef, vermutete, dass Yasi in der Nähe erschlagen und dann ins Abbruchhaus geschleppt worden war. Man hatte im Eingangsbereich Schleifspuren gefunden, die allerdings wegen des Schneefalls am Montag nicht mehr zurückverfolgt werden konnten. Nichts deutete auf sexuellen Missbrauch hin. Außer den Kopfwunden wies die Tote keinerlei Verletzungen auf.

Als Olivia las, dass Yasis Geigenkoffer, ihr Mantel und die Halskette fehlten, zuckte sie zusammen.

*Sehr interessant.*

Sie fragte sich, wo der Mantel und die Geige samt Koffer sein konnten. Ob sie womöglich auch irgendwo im Hause Harrison versteckt waren wie die Kette und auf Entdeckung warteten? Die Vorstellung ließ sie frösteln.

Die Polizei glaubte nicht an einen Raubmord, dazu waren die entwendeten Dinge zu wenig wertvoll. Nicht einmal die Geige, bei der es sich um ein preisgünstiges Schülerinstrument handelte, hätte das Risiko eines Mordes gerechtfertigt.

Zuletzt durchforstete Olivia das führende Käseblatt, um das sie sonst immer einen Bogen machte. Auf der Titelseite prangte ein Foto Demirs, dessen Augen von einem schwarzen Balken verdeckt wurden. Darunter stand in fetten Buchstaben: *War es ein Ehrenmord? Yasemins Bruder in Haft.*

Olivia schüttelte den Kopf. Es wunderte sie nicht, dass sich gerade diese Zeitung, die aus ihren Vorbehalten gegenüber Ausländern kein Hehl machte, auf Demir stürzte und ihn vorverurteilte.

Andererseits gaben ihr einige Dinge zu denken. Sie hatte Demirs Verhaftung gesehen. Rennt man davon, wenn man unschuldig ist, fragte sie sich.

Auch sein Auftritt bei Lisas Party sprach gegen ihn. Damals hatte er gewirkt wie ein Rasender. Als müsste er Yasi für eine Untat bestrafen. Dafür, dass sie auf einer Fete getanzt und mit Max geknutscht hatte. In Demirs Augen kam das offensichtlich einem unzüchtigen Verhalten gleich. Er hatte Yasi gezwungen, mit ihm nach Hause zu gehen. Und Max hatte er vor allen Leuten bedroht und kurz darauf tatsächlich grün und blau geprügelt.

Demir war nicht immer so gewesen. Erst seit er radikale Muslime zu seinen Freunden zählte, die die moderne Haltung seiner Eltern verachteten und zum Leidwesen der ganzen Familie Gökdal einen immer stärkeren Einfluss auf ihn ausübten.

In Summe sprach also einiges gegen Demir.

Aber Ehrenmord? Soweit Olivia wusste, geschahen Ehrenmorde nur in strenggläubigen muslimischen Familien und wurden immer im Einvernehmen der ganzen Familie begangen. Die Gökdals waren jedoch ausgesprochen liberal eingestellt. Muslime waren sie nur auf dem Papier. So wie sie selbst als Christin galt und einen Taufschein besaß, ohne je den Religionsunterricht oder eine Messe zu besuchen. Herr und Frau Gökdal sprachen perfekt Deutsch, auf alle Fälle weit besser als Jay. Beide lebten schon seit ihrer Kindheit in Österreich und waren ein Musterbeispiel für eine hundertprozentig integrierte Familie. Weder Yasi noch ihre Mutter hatten je ein Kopftuch getragen. Die Gökdals waren stolz auf ihre Tochter, stolz auf ihre Erfolge in der Schule und ihre musikalische Begabung.

Früher hatte Olivia sich oft gewünscht, Jay würde ebenso großzügig sein wie Yasis Eltern. Die hätten Yasi kein Ausgehverbot aufgebrummt wegen einer Fünf in Mathe. Allerdings hatte Yasi auch nie eine Fünf nach Hause gebracht, musste Olivia sich zerknirscht eingestehen.

Nur Demir passte nicht ins Bild, seit er sich mit seinen konservativen Freunden herumtrieb.

Yasi hatte diese Typen gehasst. „Das ist eine eingeschworene Männergemeinschaft“, hatte sie einmal zu Olivia gesagt. „Frauen haben zu kuschen und sind weniger wert als ein Stück Vieh. Mir tut jetzt schon seine Zukünftige leid.“

*Möglich wäre es. Demir könnte es getan haben. Aber*

*wenn, dann alleine.* Für die Unschuld von Yasis Eltern hätte Olivia ihre Hände ins Feuer gelegt.

Eine zweite wichtige Frage beschäftigte sie. Warum hatte Demir – vorausgesetzt er war der Mörder – Yasis Kette im Hause Harrison deponiert? Warum wollte er die Tat einem von ihnen in die Schuhe schieben? Mit Jay hatte er so gut wie nichts zu tun. Und Olivia war Luft für ihn.

Vor lauter Grübeln bemerkte sie zu spät, dass die Freistunde längst vorbei war und sie bereits mehr als die Hälfte des Physikunterrichts verpasst hatte. Es lohnte sich eigentlich gar nicht mehr, in die Schule zu gehen. Sie beschloss, sitzen zu bleiben, noch einen Cappuccino zu bestellen und zu schwänzen.

Genießen konnte sie es nicht. Das schlechte Gewissen sorgte dafür, dass ein dicker Kloß ihre Kehle verschloss. Den köstlichen Kaffee musste sie stehen lassen.

Jay hantierte in der Küche, als Olivia nach Hause kam. Wieder einmal kochte er Reis. Erbsenreis.

„Kannst du dir vorstellen, dass Demir Yasi umgebracht hat?", fragte sie in den Dampf, der über dem Topf aufstieg.

Jay ließ die Gabel fallen und fluchte. „Bist du verrückt? Ihr eigener Bruder? Never ever!"

„In der Zeitung steht, dass er verhaftet wurde und dass es vielleicht ein Ehrenmord war."

„Ich kann mich denken, in welche Zeitung."

„Mir denken. In welcher Zeitung. Ja, du hast recht. Aber überlege doch mal. Demir ist seit einiger Zeit mit sehr merkwürdigen Freunden unterwegs. Für diese Typen sind Frauen Wesen, die man beliebig unterdrücken kann. Sie sind Besitz." Olivia nahm sich ein Reibeisen und raspelte Parmesan. „Und Demir hat Max zusammengeschlagen. Und ..." Beinahe hätte sie sich verplappert und von Lisas Party erzählt, auf der sie Jay zufolge nie gewesen war.

„Demir ist eine dumme Junge. Aber Mord? Darling, pass auf, was du sagst. Es ist eine schwere Verschuldigung."

„Anschuldigung", korrigierte sie. „Ich frage dich nur, ob du es dir vorstellen kannst."

„Nein."

„Dann kannst du dir vermutlich auch nicht vorstellen, dass Demir wütend auf dich sein könnte?"

Verwundert blickte Jay sie an. „Doch." Er knetete sein rechtes Ohrläppchen. „Aber was hat das zu tun mit Mord?"

„Aha! Und was hat er gegen dich?"

„Er hat angerufen. Wegen die Stipendium. Er wollte nicht, dass Yasemin weggeht zu studieren."

„Das ist ja sehr interessant. Warum hast du es mir nicht erzählt?"

„Wozu? Ich habe es nicht ernst genommen."

„Demir ist 19. In dem Alter ist man kein Junge mehr", sagte Olivia.

„Ach? Sagst du nicht immer, Männer bleiben Kinder ihr Leben lang?" Jay nahm eine frische Gabel aus der Besteckschublade und rührte den Reis durch. „Komm, setz dich. Essen ist fertig."

Olivia ließ sich auf die Eckbank fallen. Sie fragte sich, ob Demir wirklich so harmlos war. Oder ob ihr Vater ihn gewaltig unterschätzte. Jedenfalls hatte Demir ein Mordmotiv. Und ein Motiv, den Verdacht auf Jay zu lenken.

Eigentlich logisch, dass Demir gegen Yasis Studium war. Yasi wäre nach Wien oder München gezogen und dann hätte er keinen Einfluss mehr auf sie ausüben können. Vielleicht befürchtete er auch, dass sie in einer größeren Stadt zu vielen Versuchungen ausgesetzt war.

Ohne das Stipendium wäre Yasi weiterhin ins Musikgymnasium gegangen, hätte ihre Matura gemacht und dann irgendeinen Job angenommen oder geheiratet. Denn ihre Eltern hätten ein Musikstudium nicht finanzieren können. Das machte Demirs Hass auf Jay plausibel.

Bleibt nur noch die Frage, wie er in unser Haus gelangen konnte, dachte Olivia und spießte lustlos eine Erbse auf.

„Du musst etwas essen, Darling." Jay tätschelte ihre Hand. „Schau wie dünn du bist. Sonst du wirst krank."

Gehorsam schob sie sich eine Gabel voll Reis in den Mund. Unzählige Fragen drehten sich in ihrem Kopf wie ein Karussell, das außer Kontrolle geraten war.

Warum zermarterte sie sich überhaupt das Gehirn? War es nicht vollkommen vermessen, zu glauben, dass sie, ausgerechnet sie, eine sechzehnjährige Schülerin, die in Mathe auf Fünf stand, ein kompliziertes Verbrechen aufklären könnte? Vielleicht sollte sie einfach darauf vertrauen, dass die Polizei den Fall schon klären würde?

*Ich frage Fabian um Rat. Wenn er meint, dass ich mich raushalten soll, werde ich es tun.*

# 21

Olivia ließ Jay in dem Glauben, dass sie den ganzen Nachmittag zu Hause bleiben und Latein lernen würde, das Fach, das ihr fast genauso viele Sorgen bereitete wie Mathe. Doch kaum war er mit Philip, dem ersten Freitags-Schüler, in seinem Studio verschwunden, schlich sie sich aus dem Haus. Sie nahm ihr Rad. Erst als sie in den Rathausplatz einbog, bemerkte sie, dass sie vor Aufregung viel zu früh losgefahren war. Sie zwang sich, eine Ehrenrunde durch die halbe Stadt zu drehen.

Sonst glaubte Fabian noch, es gäbe nichts Wichtigeres für sie als dieses Date und sie hätte es gar nicht erwarten können. Außerdem kam er bestimmt ohnehin zu spät, wie alle Jungs. Zehn Minuten nach der vereinbarten Zeit schloss sie ihr Rad ab und fuhr mit dem Lift ins *Lichtblick,* das wie ein Vogelnest im siebten Stockwerk der Rathausgalerien lag.

Er saß am Fenster und lächelte ihr zu.

„Hi! Wartest du schon lange?“, fragte sie scheinheilig. Seine Schürfwunden waren fast verheilt, nur über dem Ohr sah man noch eine ausgedehnte Kruste.

„Nein“, sagte er. Dabei war die Kaffeetasse, vor der er saß, bereits halbleer. „Schön, dass du da bist!“

Olivia setzte sich und bestellte einen Caffè Latte. „Was macht dein Kopf?“

„Der Schraubstock, in den er eingespannt war, ist über Nacht verschwunden. Ein geiles Gefühl."

„Super. Und dein Gedächtnis?"

„An den Unfall kann ich mich immer noch nicht erinnern. Aber egal. Sind ja nur ein paar Minuten meines Lebens, die mir fehlen, und nicht die angenehmsten."

„Vielleicht kommt es ja wieder."

Fabians Linke hatte sich zentimeterweise vorgeschoben und berührte nun Olivias Zeigefinger, der auf der Tischplatte lag und einen komplizierten Rhythmus klopfte. Sie zuckte zurück.

Seine Augen weiteten sich. Sofort nahm er seine Hand weg und entschuldigte sich.

„Ich muss dir etwas sagen", druckste sie.

„Du hast einen Freund."

„Nein."

„Du stehst mehr auf Mädels?"

„Nein!" Olivia schüttelte vehement den Kopf. „Ich brauche deinen Rat."

Fabian wirkte erleichtert. Er fuhr sich durch die braunen Locken, die ohnehin immer zerwuschelt aussahen und nickte aufmunternd.

„Ich habe etwas Schreckliches entdeckt und weiß nicht, was ich jetzt machen soll."

„Schieß los."

Olivia kramte in ihrem Rucksack und nahm ein verknotetes Geschirrtuch heraus. Sie legte es auf den Tisch, löste den Knoten und schlug es auseinander.

Fabian zog die Brauen hoch. „Ein Schmuckstück?"

„Das ist das Auge der Fatima."

„Ich weiß. Meine Mutter besitzt ein ähnliches Teil. Sie hat es sich auf einem türkischen Markt in Antalya gekauft." Fabian wollte den Anhänger anfassen, aber Olivia hielt schützend ihre Hand darüber.

„Was ist damit?"

„Die Kette gehört Yasi." Olivia schluckte. „Ich meine, sie hat Yasi gehört." Mit einem Zipfel des Tuches fasste sie den Anhänger und drehte ihn um. Der schwärzlichbraune Fleck wurde sichtbar.

Fabian pfiff leise. „Ist das … Blut?"

„Yasi hat diese Kette immer getragen, jeden Tag. Auch vor ihrer Geigenstunde hatte sie sie um, also am Tag ihres Todes." Olivia atmete tief durch. „Und am Mittwoch früh habe ich sie in unserem Abstellraum gefunden. In einem Plastikeimer, den wir zum Putzen verwenden."

„Was?" Fabian hatte so laut gesprochen, dass der Herr vom Nachbartisch neugierig herüberschaute. Rasch schlug Olivia das Tuch über den Anhänger.

„Und jetzt fragst du dich, ob dein Vater etwas mit dem Mord zu tun hat?", raunte Fabian.

„Das war meine erste Befürchtung. Aber es ist unmöglich." Sie schüttelte heftig den Kopf, dass sich mehrere Strähnen aus ihrem zusammengebundenen Haar lösten. „Vollkommen unmöglich. Es darf einfach nicht sein, verstehst du?"

„Natürlich." Er nickte. „Wenn es stimmt, was Max mir erzählt hat, war Yasi die beste Geigenschülerin deines Vaters. Wieso sollte er sie umbringen?"

Olivia strich sich die losen Haarsträhnen hinter die Ohren. „Allerdings …" Fabian tippte gegen seine Nase. „Was, wenn es ein Unfall war? Und dein Vater in einer Art Kurzschlusshandlung …"

„Daran habe ich auch schon gedacht. Dass sie einfach blöd gestürzt ist und sich so diese Kopfwunde zugezogen hat. Und vor seinen Augen gestorben ist. Aber Jay ist nicht der Typ, der gleich in Panik verfällt. Er hätte sofort die Rettung verständigt. Und die Polizei." Olivia sah Fabian an. „Und außerdem war es ja kein Unfall. Sie ist erschlagen worden, von hinten, mit einem stumpfen Gegenstand."

„Das habe ich auch gelesen. Und noch was: Wenn dein Vater wirklich die Leiche weggeschafft hätte, wieso hätte er den Anhänger behalten sollen? Als Souvenir, wie ein irrer Serienmörder?"

„Genau." Olivia nahm einen Schluck Kaffee. „Das ist das wichtigste Argument. Jay hätte den Schmuck nicht im Putzeimer versteckt, wo Marianne, unsere Putzfrau, ihn wenige Stunden später gefunden hätte. Wenn ich ihr nicht zufällig zuvorgekommen wäre."

„Stimmt. Soviel Dummheit wäre sträflich."

„Marianne hätte sofort die Polizei verständigt. Garantiert. Sie kannte Yasi gut, kannte also auch die Kette."

Wieder stieß Fabian einen leisen Pfiff aus. „Das sieht ganz so aus, als wollte jemand deinem Vater den Mord in die Schuhe schieben."

Was für ein Glück, er denkt genauso wie ich, dachte Olivia erleichtert.

„Oder dir."

„Und was soll ich jetzt tun? Die Kette bei der Polizei abgeben?"

Fabian nahm seinen Kaffeelöffel. Er versuchte mit dem Stiel unter den Gips zu gelangen und sich zu kratzen. „Ich weiß nicht recht. Da sie Demir freilassen mussten, sind sie natürlich wieder verzweifelt auf Mördersuche. Sie würden sich auf den nächstbesten Verdächtigen stürzen, vermutlich auf deinen Vater."

Olivia schnappte nach Luft. „Was? Demir ist frei? Woher weißt du das?"

„Es kam heute Mittag in den Nachrichten. Er soll ein hieb- und stichfestes Alibi haben."

Sie stützte ihr Gesicht in die Hände. Bullshit. Diese Neuigkeit ließ ihr mühsam konstruiertes Kartenhaus auf einen Schlag in sich zusammenfallen.

„Was ist los? Du siehst so enttäuscht aus."

„Das heißt, dass alles, was ich mir bisher so ausgedacht habe, für die Katze ist. Bockmist! Ich muss von vorne anfangen."

Fabian sah sie fragend an.

Olivia erzählte ihm von ihrer Lauschaktion bei Max, von ihren Beobachtungen im Café *Türkis,* von Demirs Fluchtversuch und ihren Schlussfolgerungen.

„Sein Umgang mit strenggläubigen Muslimen, seine extremen Ansichten, wie er bei der Party ausgerastet und mit Yasi umgesprungen ist, der Droh-Anruf bei meinem Vater, dass er Max verprügelt hat, all das spricht dafür, dass er es war."

„Hm", brummte Fabian. „Stimmt. Sind ziemlich viele Indizien."

„Und warum ist er weggerannt, als die Kripoleute ihn befragen wollten? Wegrennen heißt schlechtes Gewissen und das hat nur ein Schuldiger."

„Oder einer, der Angst hat. Vielleicht hat man als Ausländer ja schneller Angst, wenn einen die Polizei sprechen will? Weil man befürchtet, dass man für die einen guten Sündenbock abgibt?"

„Kann natürlich sein." Olivia begann wieder mit ihrem Fingertrommeln. „Jetzt ist ohnehin alles umsonst, wenn er ein Alibi hat."

„Warte. Nicht so schnell. Schaust du dir keine Krimis an? Wie oft stellt sich zum Schluss heraus, dass ein Alibi falsch war!"

Olivia setzte sich kerzengerade hin. „Du meinst ..."

„Vielleicht haben seine Eltern für ihn gelogen und ihm so ein Alibi verschafft? Das würde zur Ehrenmord-Theorie passen."

„Nein, niemals! Yasis Eltern sind ja ganz anders als Demir. Total liberal und modern. Yasis Mutter hätte Max bestimmt gemocht. Jedenfalls hätte sie ihrer Tochter niemals ein Haar gekrümmt, nur weil sie verliebt war, einen Freund hatte und studieren wollte."

„Wie viele Kinder haben die Gökdals?", fragte Fabian.

„Jetzt nur noch Demir."

„Beantwortet das nicht deine Zweifel?"

Olivia versuchte vergeblich aus Fabians Miene schlau zu werden. „Was?"

„Stell dir vor, du bist Frau Gökdal. Du hast deine einzige Tochter verloren. Die Polizei verdächtigt deinen einzigen Sohn. Was würdest du tun? Zusehen, wie er im

Gefängnis landet? Oder versuchen, ihn mit allen Mitteln zu schützen, egal was er getan hat?"

Olivia nickte anerkennend. „Da ist was dran. So könnte es gewesen sein. Die Gökdals wollen Demir schützen, wahrscheinlich trauen sie ihm die Tat auch gar nicht zu." Sie trank ihren Kaffee aus, der längst kalt geworden war. „Und was soll ich jetzt machen?"

„Zuerst mal das da verschwinden lassen." Fabian deutete auf die Kette.

„Meinst du, dass dieses Ding mit Yasis Blut daran in unserem Haus herumlag würde reichen um Jay einzusperren?"

„Vermutlich nicht. Aber wenn jemand ihm was anhängen wollte, hat er vielleicht dafür gesorgt, dass es noch mehr Beweise gibt."

Olivia seufzte. „Du hast recht. Ich muss das Beweisstück irgendwo aufbewahren und selbst herausfinden, wer Yasi ermordet hat." Sie sah Fabian an, obwohl es ihr schwerfiel, seinem Blick standzuhalten. Zu verwirrend waren diese Bernsteinaugen. „Versprichst du mir, das für dich zu behalten?"

„Darauf kannst du dich verlassen. Wo willst du das Teil verstecken?"

„Ich werde es wieder in meine Uralt-Jeans einwickeln und im Kleiderschrank versenken."

Fabian schüttelte den Kopf. „Keine gute Idee. Wer auch immer die Kette bei euch deponiert hat, wird enttäuscht sein, dass sie bisher nicht gefunden wurde und vielleicht nachhelfen. Mit einem anonymen Anruf bei der Polizei womöglich. Wenn die Bullen dann euer

Haus durchsuchen und fündig werden, möchte ich nicht in deiner Haut stecken."

Olivia presste die Lippen zusammen.

„Wenn du willst, bewahre ich das Ding in meinem Zimmer auf. Meine Mutter schnüffelt garantiert nicht in meinen Sachen herum. Und mich wird wohl niemand mit Yasis Tod in Verbindung bringen. Ich kannte sie ja kaum."

Olivia zögerte. „Ich möchte dich da nicht hineinziehen."

„Na komm, gib schon her. Ich merke doch, dass du es anfasst wie eine heiße Kartoffel."

Schließlich gab sie sich einen Ruck und stimmte zu. Und verspürte eine echte Erleichterung, als Fabian den Anhänger in das Geschirrtuch einrollte und in der Innentasche seiner Jeansjacke verschwinden ließ.

„Als nächstes sollten wir uns einen Plan zurechtlegen", sagte er. „Wie gehen wir weiter vor?"

„Heißt das, du bist dabei?"

Er sah sie entrüstet an. „Ich dachte, das hätten wir geklärt."

Jetzt musste Olivia lächeln. Und zum ersten Mal seit Yasis Tod hatte sie deshalb kein schlechtes Gewissen. „Wir müssen herausfinden, wer Demir ein Alibi verschafft hat und ob es falsch ist."

„Genau."

„Und wir müssen klären, wie er in unser Haus gekommen ist. Es ist ja niemand eingebrochen. Er muss also einen Schlüssel gehabt haben. Aber woher?"

„Wer besitzt denn einen Schlüssel für euer Haus?"

„Nur Jay und ich. Und Marianne, die bei uns sauber macht.“ Plötzlich fiel ihr etwas ein. „Marianne! Natürlich!“ Olivia keuchte auf. „Sie ist mit den Gökdals befreundet. Auf der Beerdigung war sie auch, Arm in Arm mit einem Typen in Demirs Alter. Ich bin mir sicher, dass das ihr Sohn gewesen ist. Und ich habe beobachtet, wie er Demir sein Beileid ausgesprochen hat. Er hat ihn umarmt, als würde er ihn gut kennen.“

„Interessant“, sagte Fabian. „Sehr interessant.“ Er legte seine Stirn in Falten. „Du vermutest, dass Demir mit Mariannes Sohn befreundet ist. Wir sollten also eruieren, ob das stimmt.“

„Das kann ich leicht aus ihr herauskitzeln. Sie leidet öfter unter Sprechdurchfall. Und eines ihrer absoluten Lieblingsthemen ist ihr Sohn. Was Demirs Alibi betrifft, habe ich allerdings keine Ahnung, wie …“

„Das kannst du mir überlassen. Bei welchem Autohaus arbeitet er?“

*„Toyota Geiblinger.“*

„Prima. Dann werde ich Mutters alten Opel dort einfach durchchecken lassen. Das ist ohnehin bald fällig. Und bei der Gelegenheit erkundige ich mich nach neuen Toyota-Modellen. Und nach Demir.“ Er grinste.

„Geht das überhaupt? Ich dachte, du bist erst siebzehn.“

„Seit dem Sommer habe ich den L 17–Führerschein.“ Er fuhr sich durch die Locken. „Und meine Mutter ist froh, wenn ich ihr den Autokram abnehme.“

Fabian winkte der Kellnerin und bezahlte die beiden Kaffees.

Dann verabschiedeten sie sich.

„Danke", murmelte Olivia.

„Nicht der Rede wert. Hoffentlich klappt mein Plan und ich kann was Entscheidendes über Demir herausfinden."

„Wann treffen wir uns wieder?"

„So bald wie möglich." Fabian sah Olivia auf eine Art an, dass ihre Knie sich augenblicklich in Pudding verwandelten. „Wir telefonieren."

„Hast du eine Mailadresse?"

„*fabian.moser@fruechtchen.at* Früchtchen mit ue."

Olivia fiel ein, dass seine Mutter in einem Obstgeschäft arbeitete.

Er umarmte sie. Es sah komisch aus, wie er dabei den Gipsarm wegstreckte. Ein kurzer Moment, ein sanftes Drücken. Wärme. Ein Geruch nach Leder, gewaschenen Haaren und einer Idee Rasierwasser. Olivia drehte ihren Kopf ein wenig und hauchte einen Kuss auf seine Wange. Blitzschnell.

Dann riss sie sich los und rannte die Treppe abwärts; sieben Stockwerke, so schnell es ihre Puddingknie zuließen.

# 22

Sie überlegte, ob sie gleich nach Hause fahren sollte. Die Chancen standen gut, dass sie ungesehen in ihr Zimmer gelangen würde und Jay von ihrem Ausflug nichts bemerkte. Doch es juckte sie, die Sache mit Marianne sofort in Angriff zu nehmen. Sie wollte keinesfalls bis zur nächsten Putz-Aktion am kommenden Mittwoch warten.

*Wie stelle ich das am besten an?*

Marianne besuchen und sie über Demir ausfragen?

Viel zu plump.

Es sei denn, Olivia würde ihr ganz zufällig über den Weg laufen. Marianne hatte einmal erwähnt, dass sie an den Freitagnachmittagen immer in einer großen Rechtsanwaltskanzlei sauber machte. War das nicht in der Müllerstraße?

Olivia war sich nicht sicher, aber sie beschloss, es zu versuchen. Zweimal radelte sie die belebte Müllerstraße auf und ab und inspizierte die Schilder an den Häusern. Es gab drei kleine Anwaltsbüros und nur eines, in dem mehrere Rechtsanwälte arbeiteten. Das musste es sein.

Im Treppenhaus war es kalt. Es roch nach feuchtem, altem Gemäuer. Ein schwacher Duft nach gebratenen Zwiebeln kam aus einem der oberen Stockwerke. Die Rechtsanwaltskanzlei befand sich im Erdgeschoss.

*Dr. R. Mössmann & Söhne, Dr. K. Lessiak, Dr. A. Hausberger-Bickinger, Dr. S. Mayr* prangte in verschnörkelter Schrift auf dem Messingschild an der massiven Mahagonitür. Olivia blickte sich um. Niemand zu sehen. Rasch legte sie ihr Ohr an die Tür. Sie hörte ein diffuses Brummen, wie von einem Staubsauger, aber vielleicht war es auch nur Einbildung. Sie entschied, hier zu warten. Wenn sie Glück hatte, würde Marianne in absehbarer Zeit herauskommen. Natürlich würde sie sich wundern, Olivia zu treffen.

Ihr Blick fiel auf die zweite Tür in diesem Stockwerk. Sie führte in die Ordination eines Zahnarztes, wie ein schlichtes Aluschild auswies.

*Na prima, dann habe ich eben Zahnweh, wenn Marianne fragt.*

Nach einer halben Stunde ärgerte sich Olivia darüber, dass sie kein Buch dabei hatte. Gerne hätte sie jetzt den Krimi fertig gelesen, der zu Hause auf ihrem Nachttisch lag.

Nach einer Stunde wurde sie nervös, ging im Kreis, bis ihr schwindlig wurde, lief schließlich dreimal die Treppe bis zum vierten Stock hoch, wo der Zwiebelduft am stärksten war, und wieder hinunter. Nichts rührte sich in der Anwaltskanzlei. Vielleicht war es doch die falsche Adresse? Oder Marianne hatte heute frei?

Um halb sechs beschloss Olivia, zu gehen. Jay würde bald seinen letzten Schüler nach Hause schicken. Wenn sie vorher daheim sein wollte, musste sie sich beeilen.

Ehe sie den Fuß auf die Treppe setzte, hörte sie ein Scharren, das aus der Kanzlei kam. Olivia hielt den

Atem an. Kurz darauf wurde die Tür aufgerissen und – Marianne stieß einen erstaunten Ruf aus. „Ja hoppla! Was machst du denn da?“

„Hallo Marianne!“ Olivia fasste sich an die linke Wange. „Ich habe Zahnschmerzen“, sagte sie und versuchte, möglichst leidend auszuschauen.

„Ach du Arme, du bist ja schon ganz blass! Hoffentlich kommt der Doktor bald. Ich wusste gar nicht, dass der um diese Zeit noch …“

„Bei akuten Fällen macht er eine Ausnahme. Und wie geht's dir?“ Olivia musste unbedingt ein Gespräch anknüpfen. Normalerweise ging das bei Marianne wie von selbst. Aber ausgerechnet heute schien sie es eilig zu haben!

„Danke gut. Ich muss dann … Gute Besserung!“ Schon wandte sie sich zum Gehen.

„Ich habe dich auf Yasis Beerdigung gesehen. Wer war denn der flotte junge Mann, mit dem du gekommen bist?“ Zwar hatte Olivia einen schlechten Geschmack im Mund von dem Gesülze, aber es musste sein.

Und es wirkte. Marianne blieb stehen und schenkte Olivia ein strahlendes Lächeln. „Ein fescher Bursche, gell? Das war mein Schorsch. Also eigentlich mag er nicht, dass ich Schorsch sage. Er besteht auf Georg.“ Marianne räusperte sich. „Ich bin ja so froh, dass er wieder zu Hause ist. Zwei Jahre hat er in Dubai in einer großen Mercedes-Werkstatt gearbeitet. Als KFZ-Mechatroniker.“

Olivia erinnerte sich. Davon hatte Marianne schon öfter erzählt.

„Geld gescheffelt hat er dort, mein Junge." Marianne rieb den Daumen über den Zeigefinger, als würde sie Banknoten zählen. „Als Mutter hat man natürlich immer Angst, dass was passiert. In diesen Ländern weiß man ja nie. Jetzt wohnt er wieder bei mir." Sie lächelte. „Ein bisschen beengt haben wir's im Moment. Aber er sucht eine eigene Wohnung und ab Januar wird er bei Mercedes die Werkstattleitung übernehmen." Ihre Wangen leuchteten wie zwei polierte Äpfel.

„Gratuliere, das ist ja toll!", heuchelte Olivia. „Dann ist er wohl ein Kumpel von Demir, weil er mit auf der Beerdigung war?"

„Schorsch und Demir haben gemeinsam ihre Lehre beim *Geiblinger* gemacht. Demir arbeitet ja noch dort. Doch mein Schorsch wollte unbedingt ins Ausland. Etwas sehen von der Welt und weiter kommen im Leben."

„Da kannst du sehr stolz sein. Ist ein schöner Zug von ihm, dass er immer noch mit Demir befreundet ist. Trotz Karriere."

Mariannes Lippen kräuselten sich. „Befreundet ist vielleicht zu viel gesagt. Schorsch hat dem Demir wohl ein paar Mal einen Gefallen getan, seit er wieder hier ist. Doch der Demir hat sich verändert. Er macht auf religiös, gibt sich mit komischen Leuten ab … Das gefällt dem Schorsch nicht. Den Gökdals übrigens auch nicht. Die armen Leute! Erst diese schreckliche Sache mit Yasemin. Und dann wird der einzige Sohn verhaftet. Furchtbar. So ein Unglück."

„Demir ist wieder frei. Er hat ein Alibi."

„Gott sei Dank. Aber jetzt muss ich wirklich gehen, damit das Abendessen rechtzeitig fertig wird."

Marianne verabschiedete sich und huschte treppab.

Olivia rieb sich die Hände. Sie wartete ein paar Minuten, dann ging sie auch. Was sie hören wollte, hatte sie gehört. Schorsch Ritzer war ein alter Kumpel von Demir Gökdal, der ihm den einen oder anderen Gefallen tat, obwohl die Freundschaft allmählich verebbte. Wie sah so ein Gefallen wohl aus? Vielleicht wie ein Schlüssel? Der Schlüssel zum Harrison-Haus, den Schorsch für Demir von Mariannes Schlüsselbrett genommen und rechtzeitig wieder zurückgehängt hatte?

# 23

Virtuose Geigentöne drangen aus dem Studio, als Olivia nach Hause kam. Kein Schüler konnte so spielen. Das war eindeutig Jay, der übte. Vielleicht hatte er ihre Abwesenheit noch gar nicht bemerkt? So leise wie möglich schlich sie sich in ihr Zimmer. Sie schaltete den Computer ein. Während er hochfuhr, schlug sie pflichtschuldigst den Cäsar auf. *De bello Gallico.*

Sie rümpfte die Nase.

„Apud Helvetios longe nobilissimus fuit et ditissimus Orgetorix." Warum müssen wir eine tote Sprache lernen, wo es doch so viele lebende gäbe, mit denen man was anfangen könnte. Französisch zum Beispiel oder Spanisch. Italienisch. Olivia versuchte, zu übersetzen. Keine Chance. Es ging irgendwie um die Schweiz. Aber wer was warum und gegen wen … sie hatte keine Ahnung. Wie gut, dass es eine fix und fertige Übersetzung gab! Rasch fischte sie das schmale Büchlein aus ihrer Schreibtischschublade.

„Bei den Helvetiern war Orgetorix bei weitem am angesehensten und reichsten." Sie kritzelte den Satz auf ihren Block. Für die Lateinarbeit musste sie sich allerdings etwas anderes überlegen, schwindeln war bei der schönen Rita schlichtweg unmöglich.

Olivia schrieb drei weitere Sätze ab und versteckte das hilfreiche Buch wieder. Jay würde hoffentlich glauben, sie hätte sich alleine geplagt.

Inzwischen war der Rechner einsatzbereit. Sie öffnete das Mailprogramm, klickte auf „Neue Nachricht" und gab *fabian.moser@fruechtchen.at* in die Adresszeile ein.

Mit wenigen Worten berichtete sie von ihrem Gespräch mit Marianne. Sie löschte die Mail zehnmal und schrieb sie wieder neu, weil sie sich nicht entscheiden konnte, ob sie mit „Lieber Fabian" oder einfach mit „Hi" beginnen und mit „Alles Liebe, deine Olivia" oder nur mit „Ciao, O." aufhören sollte.

Schließlich rang sie sich zu „Hi" und „Alles Liebe" durch und klickte auf senden. Erledigt. Sie atmete durch.

Während sie über dem Cäsar brütete, schielte sie immer wieder zum Rechner. Vielleicht war Fabian gerade online?

Aber es trudelte keine neue Nachricht ein.

Plötzlich wurde die Tür aufgestoßen und Evelyn marschierte herein, Kopf und Schwanzstummel hoch erhoben. Hinter ihr erschien Jay im Türrahmen.

Sein Mund war eine dünne Linie. Er lächelte nicht.

„Wo warst du?"

Mist. Er hatte es also bemerkt. Jetzt improvisieren.

„Bei Lisa. Sie hat mir ein Mathebeispiel erklärt. Und seit ich daheim bin, lerne ich Latein."

„Du lügst."

Olivia biss die Zähne zusammen. *Bullshit.*

Eine dümmere Ausrede hätte ihr kaum einfallen können. Lisa war sogar noch mieser in Mathe als sie selbst.

Sie hatte im September mit Ach und Krach die Nachprüfung geschafft. Jay wusste das.

„Ich bin sehr enttäuscht", sagte er leise und ging hinaus.

Am liebsten hätte sie sich geohrfeigt. Sie hasste es, zu lügen. Und in letzter Zeit tat sie es ständig. Dass Jay diesmal nicht darauf hereinfiel, kam ihr fast wie eine gerechte Strafe vor.

Angespannt lief sie im Zimmer auf und ab. Warum war ihr Vater nur immer so besorgt? Sicher, im vergangenen Jahr war sie mit drei schlechten Vierern in Mathe, Physik und Latein knapp durchgerutscht. Und nun hatte sie auf die allererste Mathearbeit eine Fünf bekommen. Aber das Schuljahr war noch lang. Es gab genug Zeit, sich zu verbessern.

Im Moment fehlte ihr der Nerv für Lernkram. Schließlich musste sie zuerst den Mörder ihrer besten Freundin finden. Danach konnte sie sich wieder um ihre schulischen Leistungen kümmern. In der Zwischenzeit würde sie sich schon durchschummeln.

Dass sie Jay so enttäuscht hatte, tat weh. Olivia seufzte. Sie beschloss, hinunterzugehen, die Wahrheit zu sagen und sich zu entschuldigen.

Er saß im Wohnzimmer bei einem Glas Bier und einem belegten Brot und hatte den Fernseher eingeschaltet. Es war seine Art sich zu entspannen.

Wie müde er aussah. Blass. Als er Olivia bemerkte, stellte er den Ton ab und wandte sich ihr zu.

„Es tut mir leid, dass ich dich belogen habe." Sie setzte sich neben ihn auf das Sofa. „Im Moment kann ich mich einfach nicht auf das Lernen konzentrieren. Immerhin war Yasi meine beste Freundin. Ich musste mit jemandem darüber sprechen. Du hast ja leider nie Zeit. Da habe ich mich mit Fabian getroffen. Im Kaffeehaus."

Jay sah sie lange an und schwieg. Die Wut war verraucht. Olivia entdeckte nur Wärme in seinem verschleierten Blick. „Vielleicht ich verlange zuviel von dir. Vielleicht ich bin zu streng." Er knetete sein Ohrläppchen. „Weil du keine Mutter hast, ich denke immer, ich muss ..." Er stockte. Dann blinzelte er den Schleier weg und seine Augen wirkten wieder klar und wachsam. „Fabian? Wer ist das? Ein Junge? Bist du etwa verliebt?"

Sie holte Luft, um zu einer Antwort anzusetzen, da sah sie aus dem Augenwinkel eine Schlagzeile auf dem Bildschirm. „Neues im Mordfall Yasemin."

Die Regionalnachrichten hatten begonnen. Neben der Moderatorin saß ein Mann, den Olivia schon einmal gesehen hatte. Rasch schnappte sie sich die Fernbedienung und stellte den Ton an.

„... begrüße ich den Chef des Landeskriminalamts, Oberst Fiegl, als Studiogast. Schönen guten Abend. Danke, dass Sie zu uns ins Studio gekommen sind."

„Guten Abend."

„Oberst Fiegl, im Fall des brutalen Mordes an der 16-jährigen Schülerin Yasemin Gökdal sind Sie um einen großen Schritt weiter gekommen. Sie haben die Mordwaffe gefunden. Können Sie uns Näheres dazu erzählen?"

„Bereits gestern hat uns ein Antiquitätenhändler verständigt, dem ein verdächtiger Gegenstand zum Kauf angeboten wurde. Es handelt sich dabei um eine Figur aus Bronze, die Flecken von getrocknetem Blut aufweist. Eine Analyse ergab, dass das Blut mit dem der ermordeten Schülerin identisch ist. Auch die Form der Bronzefigur passt genau zu den Kopfverletzungen der Toten. Wir haben es also zweifelsfrei mit der Mordwaffe zu tun."

„Gibt es Hinweise auf den Täter?"

„Bisher leider nicht. Doch die erhoffe ich mir von den Fernsehzuschauern." Er stellte einen länglichen Gegenstand auf den Studiotisch, der im Scheinwerferlicht aufblitzte. Die Kamera zoomte die Figur heran.

Olivia schrie auf.

Jay keuchte.

„Wer kennt diese Statuette? Sie stellt einen auffallend schlanken Mann mit langem Haar dar, der Geige spielt. Die Figur ist exakt 32 Zentimeter hoch und sehr kompakt. Sie besteht aus Bronze und steht auf einem Marmorsockel. Das Gewicht beträgt fast zwei Kilogramm." Der Kripochef räusperte sich. „Wem gehört diese Statuette oder wer hat sie schon einmal gesehen? Hinweise bitte an jede Polizeidienststelle." Am unteren Bildrand wurde eine Telefonnummer eingeblendet.

„Dein Paganini", stieß Olivia hervor.

Jay saß stumm da und schnappte nach Luft wie ein Fisch auf dem Trockenen.

„That's impossible. Impossible", murmelte er. Dann erhob er sich mit roboterhaften Bewegungen und tappte hinaus. Olivia hörte ihn ins obere Stockwerk gehen.

Als er endlich wiederkam, wirkten seine Pupillen doppelt so groß wie sonst.

„Der Paganini ist weg", sagte er mit dünner Stimme. „Weg."

Olivia drehte den Fernseher ab.

Eine Zeit lang sprach niemand. Es war so still, dass sie ihr Blut in den Ohren rauschen hörte.

Jay wirkte hilflos wie ein Kind, das sich im Wald verirrt hatte. Er streckte seine Hände von sich und betrachtete sie, als wären es zwei fremde Wesen.

Schließlich hielt Olivia den Anblick nicht mehr aus. Sie packte ihn am Arm und schüttelte ihn.

Da erwachte er aus seiner Starre. „Ich verstehe nicht", flüsterte er.

„Was machen wir jetzt?"

„Polizei. Ich muss anrufen."

„Aber sie werden dich verdächtigen! Sollten wir nicht lieber …"

„Es muss sein." Jay wankte hinaus.

Ein schweres Gewicht schien seine Schultern nach vorne und unten zu ziehen. Olivia folgte ihm in den Flur.

Ehe er zum Telefonhörer greifen konnte, schrillte die Türklingel.

# 24

Olivia sah einen Kugelbauch, den sie gut kannte.

„Guten Abend Herr Harrison. Vent, Kriminalpolizei. Wir müssen Ihnen einige Fragen stellen."

Hinter Vent stand Lindinger wie ein dunkler, dünner Schatten.

„Sie sind sehr schnell", sagte Jay. „Gerade ich wollte Sie anrufen." Er führte die Beamten ins Wohnzimmer.

*Schneller als die Polizei erlaubt.*

„Warum wollten Sie uns denn anrufen?", fragte Vent.

„Wegen meine Paganini. Ich habe ihn im Fernsehen gesehen." Jay zeichnete eine Figur in die Luft.

„Die Bronzestatuette", sprang Olivia ein. Sie hatte sich hinter Lindinger ins Wohnzimmer geschlichen und setzte sich rasch hin, damit niemand sie wegschicken konnte.

Lindinger runzelte die Stirn. „Es wäre besser, wenn du in dein Zimmer gehst, Olivia."

Sie rührte sich keinen Millimeter von ihrem Platz auf dem Sofa, ignorierte Lindinger und schenkte Vent ihr süßestes Lächeln. „Mein Vater spricht nicht so gut Deutsch. Vielleicht kann ich helfen."

Zu ihrer Überraschung rückte Jay ganz nah an sie heran und legte einen Arm um ihre Schultern. „Ich habe keine Geheimnisse für meine Tochter."

„Vor meiner Tochter", korrigierte sie.

„Also gut", sagte Vent. „Kommen wir zur Sache. Sie haben zugegeben, dass die Bronzestatuette Ihnen gehört. Wie haben Sie die vorhin genannt?"

Jay sah Olivia hilfesuchend an.

„Wir nennen das Teil Paganini, nach Niccolò Paganini, dem berühmten Geigenvirtuosen. Jay hat die Statuette bei einem Violinwettbewerb gewonnen", erklärte sie.

„Herr Harrison, wenn Sie die Nachrichten verfolgt haben, dann wissen Sie vermutlich, dass Yasemin Gökdal mit dieser Statuette erschlagen wurde." Vent schluckte. „Haben Sie Ihre Schülerin ermordet?"

„Nein!"

„Wo waren Sie am Montagabend zwischen 19:00 und 19:30?"

„Ich hatte eine Probe."

„Mein Vater ist Konzertmeister des Symphonieorchesters", sagte Olivia.

„Welches Stück haben Sie denn geprobt?", fragte Lindinger interessiert.

„*Rigoletto* von Verdi."

„Ach, ich sollte wieder einmal in die Oper gehen."

Vent warf Lindinger einen missbilligenden Blick zu. „Wir werden Ihr Alibi überprüfen, Herr Harrison. Wenn Sie es nicht waren, muss jemand die Statuette entwendet haben."

Jay nickte.

„Wann haben Sie das Fehlen bemerkt?"

„Vor fünf Minuten. Nach die Nachrichten ich habe geschaut und er war weg."

„Wo bewahren Sie die Figur normalerweise auf?"

„In meine Studio. Ich habe ihn benützt als … wie sagt man?"

„Er hat den Paganini als Buchstütze benützt. Er stand immer im Regal über seinem Schreibtisch."

Vent spielte mit dem Reißverschluss seiner Lederjacke, zog ihn ein Stück weit auf und wieder zu. Er wandte sich an Olivia. „Ist dir aufgefallen, dass die Figur fehlt?"

Sie schüttelte den Kopf. „Ich bin so gut wie nie im Studio. Es ist schließlich Jays Arbeitsraum." Sie überlegte. Vor kurzem war irgendetwas damit gewesen, aber sie kam nicht darauf. Dann patschte sie sich an die Stirn. „Doch! Jetzt fällt es mir wieder ein."

*Weißt du, wohin die Glitzerfigur aus Jays Studio verschwunden ist? Die mir beim Abstauben immer im Weg war.*

„Marianne! Sie hat das Ding erwähnt. Das war vorgestern, aber ich habe es gar nicht richtig registriert."

„Marianne und wie noch?"

„Marianne Ritzer. Sie kommt jeden Mittwoch zu uns zum Saubermachen."

„Und weiter?"

„Vergangenen Mittwoch hatten wir wegen Yasis Tod keine Schule und ich war ziemlich durcheinander. Marianne hat so viel geredet, dass ich gar nicht mehr zuhören konnte. Irgendwann hat sie gefragt, wo die Glitzerfigur in Jays Studio hingekommen ist."

„Und da hast du bemerkt, dass die Statuette fehlt?"

„Eben nicht. Erst jetzt wird es mir klar."

„Wer könnte sie genommen haben, Herr Harrison?"

„Ich weiß es nicht." Jay betrachtete seine Hände, die vor ihm auf den Tisch lagen. Lange, feingliedrige Hände mit deutlich hervorspringenden Sehnen und Adern. Durchtrainierte Hände.

„Wer hat Zutritt zu Ihrem Studio, außer Ihnen, Ihrer Tochter und der Putzfrau?"

„Theoretisch alle seine Schüler", sagte Olivia. „Jay unterrichtet zu Hause."

„Lassen Sie Ihre Schüler oft allein im Studio?"

„Kaum. Wenn ich hole ein Glas Wasser oder wenn ich muss mal ins Bad."

„Wie viele Schüler haben Sie? Gibt es einen, dem sie den Diebstahl der Figur oder gar den Mord zutrauen würden?"

„Niemand", sagte Jay. „Ich kann nicht vorstellen, dass …" Der angefangene Satz hing in der Luft wie eine Ungeheuerlichkeit.

„Wenn Sie wollen, kann ich Ihnen eine Liste mit den Namen und Adressen aller Schüler zusammenstellen", bot Olivia an.

„Du siehst wohl gerne Krimis?", fragte Vent mit einem Grinsen. „Das ist tatsächlich eine gute Idee."

Olivia fasste Mut. „Und … und wenn es kein Schüler war, sondern jemand, der nachts ins Haus eingedrungen ist?"

„Wurde denn bei euch eingebrochen?"

„Nein", sagte sie vorsichtig. „Aber vielleicht hatte der Täter einen Schlüssel."

Jay schüttelte den Kopf. „Aber Darling, du weißt, dass nur wir beide haben einen Schlüssel."

„Und Marianne."

„Stop it! Willst du Marianne verdächtigen?" Jay warf ihr einen wütenden Blick zu.

„Ich verdächtige sie nicht", sagte Olivia bockig. „Ich stelle nur fest, dass sie einen Schlüssel zu unserem Haus hat. Jemand könnte ihn sich ausgeliehen und wieder zurückgegeben haben."

„Da hat sie recht", sagte Vent an Jay gewandt.

Einen Augenblick war es vollkommen still im Zimmer, so still wie in dem Moment zwischen dem Verklingen eines Schlussakkords und dem Einsetzen des Applauses.

Vent nahm die Brille ab. „Du hast einen bestimmten Verdacht, nicht wahr?" Seine steingrauen Augen musterten Olivia eindringlich. „Los. Raus damit!"

Sie strich sich eine Haarsträhne hinters Ohr. „Demir könnte es gewesen sein."

„Demir hat ein Alibi. Er war zu Hause. Dafür gibt es Zeugen."

Olivia verzog den Mund. „Schon klar. Aber es wäre doch denkbar, dass ... Ich meine, die Gökdals tun vermutlich alles, um nicht auch noch ihr zweites Kind zu verlieren. Vielleicht haben sie für Demir gelogen und das Alibi ist falsch?"

„Olivia!", rief Jay und knallte seine Faust auf den Tisch.

Lindinger lachte leise. Es klang unheimlich. „Wenn in einem Käseblatt etwas von Ehrenmord steht, stürzen sich die Leute darauf und glauben es. Aber der Polizei unterstellt man Ausländerfeindlichkeit." Er schüttelte missbilligend den Kopf. „Dabei ist es vollkommen absurd, denn die Familie Gökdal ist ausgesprochen liberal und bestens integriert."

Olivias Hände begannen zu schwitzen. Wollte Lindinger sie als ausländerfeindlich hinstellen, sie, die selbst Ausländerin war? Lächerlich! „Von Ehrenmord habe ich nichts gesagt. Die Eltern sind liberal, ja. Aber Demir ist anders. Er hat strenggläubige Freunde mit extremen Ansichten. Auf Lisas Party hat er randaliert, nur weil Yasi und Max sich geküsst haben. Dann hat er seine Schwester gezwungen, mit ihm nach Hause zu gehen. Er hat Max zusammengeschlagen, damit er sich von der Beerdigung fernhält."

„Demir ist ein Hitzkopf. Wir haben ihn zunächst verhaftet, weil er sich vor einer Befragung drücken wollte, was ihn natürlich verdächtig gemacht hat." Lindinger senkte die Stimme. „Aber sowohl seine Eltern als auch ein Freund von ihm bestätigen, dass er in der fraglichen Zeit zu Hause war. Daran können und wollen wir nicht zweifeln."

Olivia schnaubte. Ein Freund gab ihm also auch ein Alibi. Das musste einer dieser Typen sein, die Yasi so gehasst hatte. Womöglich steckte er mit Demir unter einer Decke und sie hatten den Mord zu zweit ausgeführt.

„Und noch was", sagte Vent. „Warum sollte Demir seine Schwester ausgerechnet mit der Statuette deines Vaters erschlagen?"

Olivia erzählte von Demirs Drohanruf bei Jay. Sie wies auch auf die Verbindung zu Mariannes Sohn hin.

Vent sah sie sehr ernst an. „Ich verstehe, wie sehr dich das alles mitnimmt. Aber du spinnst dir da was zusammen. Deine Hinweise reichen bei Weitem nicht aus." Er hob den Zeigefinger. „Denk zuerst nach, bevor du leichtfertig jemanden verdächtigst, mein Fräulein."

Olivia sprang auf. Wut kochte in ihr hoch, eine riesige Ladung Wut und die spuckte sie dem Kugelbauch mitten ins Gesicht. „Erstens bin ich nicht Ihr Fräulein", fauchte sie. „Und zweitens sind Sie es, der leichtfertig einen unbescholtenen Menschen verdächtigt. Meinen Vater. Der keine Mücke erschlagen kann. Und ausgerechnet seine beste Schülerin soll er umgebracht haben, so ein Schwachsinn!"

„Shut up, Liv!", rief Jay.

Lindinger sah aus, als würde er jeden Moment aufspringen und sie zur Räson bringen wollen. Aber sie ließ sich nicht ausbremsen.

„Yasi war meine beste Freundin. Und für Jay war sie fast wie eine zweite Tochter. Was sollte er denn für ein Motiv gehabt haben?" Die Gläser im Schrank klirrten noch, als Olivias Worte längst verhallt waren.

Vent blieb vollkommen ruhig. Unbeeindruckt. Anstatt ihr zu antworten, wandte er sich an Jay. „Herr Harrison, hatten Sie ein Verhältnis mit Ihrer Schülerin Yasemin?"

„Nein!"

„Hätten Sie gerne eines mit ihr gehabt?", fragte Lindinger.

„Bloody! No. Never. Sie war doch ein Kind. Wie meine Olivia."

„Das ist für manche kein Hindernis, im Gegenteil."

„Kennen Sie Rilke?", fragte Vent plötzlich.

„Der Dichter?" Jay hob die Brauen. „Ich mag seine Poems sehr. Damit ich habe …"

„Mein Vater hat nie einen Sprachkurs besucht. Er hat mit Rilke-Gedichten Deutsch gelernt." Olivia hatte sich wieder hingesetzt und ballte die Fäuste, um ihren Zorn besser kontrollieren zu können.

„Außer der Mordwaffe ist auch Yasemins Mantel aufgetaucht. In der Manteltasche haben wir ein Blatt Papier mit Rilkes *Liebes-Lied* gefunden. Einen Computer-Ausdruck. Darüber steht: *Für Yasemin* und darunter eine Unterschrift, die von Ihnen sein könnte, zumindest sind es Ihre Initialen. Was sagen Sie dazu?"

„Was? Ich … ich … weiß nicht …", stammelte Jay.

Olivia hielt die Luft an. Dieses Gedicht von Rilke kannte sie fast auswendig. Jay hatte es ausgedruckt, gerahmt und in seinem Studio aufgehängt, neben einigen Kinderfotos von ihr.

Sie spürte, wie das Blut aus ihren Wangen wich. War es möglich? Trafen die Anschuldigungen der Kripo zu? Was für eine Beziehung hatte Jay zu Frauen? Seit sie denken konnte, hatte er nie eine Freundin gehabt. Und wie war das bei ihm eigentlich mit Sex? Sie versuchte sich zu erinnern, wie er mit Yasi umgegangen war. Nett war er gewesen. Freundlich. Mehr wie ein Kumpel als ein Lehrer. Hatte Olivia etwas übersehen? Gefühle, die über Sympathie hinausgingen? Schlagartig erwachten all ihre Zweifel wieder, die schon beim Anblick von Yasis Anhänger im Putzeimer aufgekommen waren; die sie bisher nur erfolgreich verdrängt hatte.

Die blutbefleckte Kette. Der Paganini. Und jetzt noch Jays Lieblingsgedicht mit einer Widmung an Yasi und seiner Unterschrift.

Die Kripoleute erhoben sich.

„Kommen Sie morgen früh um acht Uhr in mein Büro, Herr Harrison", sagte Vent. „Wir brauchen Ihre Fingerabdrücke und eine Schriftprobe von Ihnen. Außerdem würden wir gerne einen DNA-Test mit Ihnen machen." Dann rückten die beiden ab.

Jay stand in der dunklen Küche und sah aus dem Fenster. Olivia wollte zu ihm gehen. Unzählige Fragen lagen ihr auf der Zunge, aber sie fand nicht die richtigen Worte.

„Ich weiß nicht, wer Yasemin das angetan hat", sagte er leise auf Englisch. „Wer uns das antut. Aber egal was passiert, Olivia, du musst wissen, dass ich dich über alles liebe. Ich habe Yasi nie angerührt. Ich hoffe, du vertraust mir."

Olivia hätte ihn so gern umarmt. Sie spürte, dass er das von ihr erwartete. Aber sie konnte nicht. Steif stand sie da und rührte sich um keinen Millimeter. Der Verdacht saß in ihrem Kopf wie ein bösartiger Pitbull. Geifernd und knurrend schlug er das Vertrauen in die Flucht, das Jay von ihr forderte.

# 25

Sie setzte sich an den Computer, um eine Schülerliste zu erstellen, wie sie es Vent versprochen hatte. Dazu hatte sie sich Jays Nachweisblätter aus dem Studio geholt, auf denen er von Hand alles Wissenswerte über seine Schüler eintrug, die persönlichen Daten, die Anwesenheit und die im Unterricht erarbeiteten Stücke. In alphabetischer Ordnung tippte sie die Namen, Adressen und Telefonnummern ab, speicherte die Liste auf ihrer Festplatte und druckte sie aus. Sie legte das Blatt neben die Kaffeemaschine, damit Jay es morgen mitnehmen konnte.

Danach fühlte sie sich todmüde. Trotzdem hätte sie nach der Aufregung bestimmt nicht einschlafen können. Also setzte sie sich noch einmal an den PC. Vielleicht hatte Fabian ihr geantwortet? Rasch öffnete sie das Mailprogramm.

*Eine neue Nachricht.*

| | |
|---|---|
| Von: | *fabian.moser@fruechtchen.at* |
| Gesendet: | Freitag, 16. Oktober 2009 21:47 |
| An: | *o.harrison@bluenet.at* |
| Betreff: | Recherche |

Liebe Olivia!

Schade, dass ich dich nicht am Handy erreiche. Vielleicht schläfst du schon?

Wenn nicht, du kannst mich bis Mitternacht anrufen. Dann erzähle ich dir alles.

Nur kurz: War beim *Geiblinger*. Demir kann es nicht gewesen sein.

Tut mir leid, dass ich keine besseren Nachrichten habe.

Ciao + bis bald! *hug*
Fabian

Olivia sah auf die Uhr. 23:40. Sie zog ihr Handy unter Cäsars Gallischem Krieg hervor.

Mit zitternden Fingern rief sie das Adressbuch auf und tippte auf *Fabian M.*

„Du bist ja doch noch auf!" Seine Stimme klang so fröhlich, dass Olivia erschrak. Diese Fröhlichkeit gehörte in eine andere Welt. Eine Welt, die nicht mehr die ihre war.

„Die Polizei war da. Sie verdächtigen Jay. Die Mordwaffe ist ... sie gehört ihm." Olivia sprach schnell und abgehackt.

„Was?"

Sie begann nochmals von vorne und redete langsamer. Es tat gut, Fabian davon zu erzählen. Dadurch, dass sie es in Worte kleidete, wurde das Schreckliche fassbarer.

„Das tut mir so leid“, sagte Fabian, als sie fertig war.

„Das Schlimme ist, dass meine Zweifel Jay gegenüber größer sind als je zuvor. Ich weiß einfach nicht, was ich glauben soll. Ich möchte ihm so gern vertrauen. Aber ich kann nicht. Mein Gefühl sagt mir, dass er auf gar keinen Fall ein Mörder sein kann. Mein Verstand sagt mir, dass alles gegen ihn spricht. Es ist zum Wahnsinnigwerden.“

Sie hörte Fabian atmen. Nach einer langen Pause antwortete er. „Du darfst dich nicht verrückt machen. Die Sache stinkt. Da ist etwas megafaul.“

„Du willst mich nur trösten.“

„Nein, Olivia. Hör zu. Dein Vater ist doch ein intelligenter Mensch. Wenn er Yasi ermordet hätte, hätte er die Mordwaffe mit nach Hause genommen, abgewaschen und wieder ins Regal gestellt. Und ihre Kette hätte er weggeworfen.“

Olivia schluckte. Er hatte recht. Fabian hatte verdammt noch mal recht. „Aber wenn er es nicht war, muss es Demir gewesen sein. Was hast du herausgefunden?“

Fabian erzählte von seinem Ausflug zu *Toyota Geiblinger*. „Zuerst habe ich nach Demir gefragt, doch der hatte frei. Ein ziemlich schlecht gelaunter Typ wollte mich mit einem Termin für nächste Woche abspeisen. Aber ich habe auf dringend gemacht und nicht locker gelassen.“ Fabian lachte leise. „Dann ist ein junger Mechaniker gekommen, ein gewisser Rudi, ungefähr in Demirs Alter. Er war ziemlich gesprächig. Während Rudi an unserem Opel rumgeschraubt hat, habe ich mich als alten Freund von Demir ausgegeben und mich nach ihm erkundigt. Rudi glaubte mir nicht. Er fand es komisch, dass er noch nie was von mir gehört hatte. Er ist anscheinend Demirs bester Kumpel."

Olivia seufzte.

„Das wäre also fast in die Hose gegangen. Aber ich habe mich rausgeredet. Dass Demir seit ein, zwei Jahren mit komischen Typen rumhängen würde und ich seither nicht mehr viel Kontakt hätte."

Etwas knarrte im Hintergrund, vielleicht lag Fabian schon im Bett.

„Rudi hat gefragt, ob ich diese Freaks meine, die nichts von Frauen halten und nur ihre komischen Verbote im Kopf haben: Alkoholverbot, Schweinefleischverbot, Musikverbot, Fußballverbot. Und dass er die auch nicht leiden könne. Aber Demir sei eigentlich ganz anders. Ein netter Kerl. Ein richtig guter Freund." Fabian pausierte.

„Und deshalb denkst du, er kann es nicht gewesen sein?" Olivia knirschte mit den Zähnen.

„Nein, natürlich nicht. Aber Rudi war am Abend von Yasis Ermordung bei Demir zu Hause. Sie haben sich irgendein Video reingezogen. Und dann haben sie alle zusammen gegessen, gefüllte Weinblätter, die Frau Gökdal zubereitet hat. Zu dem Zeitpunkt war die Familie schon sehr besorgt um Yasi. Nach dem Essen ist Rudi noch mit Demir losgezogen. Sie haben die ganze Stadt nach ihr abgesucht."

Olivia sog Luft durch ihre zusammengebissenen Zähne. „Und du glaubst diesem Rudi?"

„Man kann natürlich in niemanden hineinschauen. Aber auf mich hat er absolut vertrauenswürdig gewirkt.

Abgesehen davon, dass er unserem Opel keine lange Lebenszeit mehr vorausgesagt hat und mir ein Schnäppchen von einem Toyota anbieten wollte."

„Bullshit", flüsterte sie. „Dann weiß ich nicht mehr weiter." Am liebsten hätte sie losgeheult. Aber jetzt war nicht der richtige Zeitpunkt. *Reiß dich zusammen!*

„Wir müssen nochmals von vorne anfangen. Irgendetwas haben wir übersehen. Treffen wir uns morgen?", fragte Fabian.

„Ich weiß nicht. Jay muss morgen zur Polizei. Fingerabdrücke und so. Vielleicht behalten sie ihn gleich da."

„Mach dir keine Sorgen, Olivia. So schnell wird niemand verhaftet. Ich ruf dich morgen an."

Olivia war froh, dass Fabian ihr zugehört hatte. Und dass er nicht aufgeben wollte. Vielleicht hatten sie wirklich etwas übersehen. Aber was? Die halbe Nacht zermarterte sie sich das Gehirn und kam auf keinen grünen Zweig. Sie lag unbeweglich im Bett, weil Evelyn sich in ihren Arm gekuschelt hatte. Die kleine Katze schnurrte so laut, als hätte sie einen Dieselmotor verschluckt. Ihr Schwanzstummel zuckte. Irgendwann sprang sie auf, dehnte und streckte sich und spazierte lautlos hinaus.

Der Verdacht saß Olivia im Nacken und biss sich mit tausend nadelspitzen Zähnen fest.

*Steht Jay auf Schülerinnen? Habe ich nur nie etwas davon bemerkt, weil ich ihm gegenüber mit Blindheit geschlagen bin?*

Mit Schaudern dachte sie an morgen.

# 26

Es kam in den Sechs-Uhr-Nachrichten.

Die Mordwaffe ist aufgetaucht. Jetzt ist ER dran.

Meine Vermutung, dass die Obdachlose versucht hat, die Statuette zu verhökern, war also richtig. Aber ihr potentieller Abnehmer bekam kalte Füße und brachte die Bronzefigur zur Polizei. Bleibt nur zu hoffen, dass SEINE Fingerabdrücke noch gut erhalten sind.

Was für ein herrliches Gefühl, wenn der Druck im Kopf nachlässt. Wenn der Schraubstock, in den die Schläfen eingespannt waren, sich plötzlich in Luft auflöst.

Und wenn die schrillen Töne mit ihren scharfen Blechrändern nicht mehr zustechen, als wollten sie Kekse aus meinem Gehirn formen.

Tagelang hat mich die Melodie der Angst gequält und fast in den Wahnsinn getrieben, jetzt ist sie spurlos verschwunden.

Das Glück hat sich gewendet. Mein Plan war doch nicht so schlecht, wenn er auch erst auf Umwegen zum Tragen kommt.

Bald werden sie ihn verhaften. Wie lange sie ihn wohl wegsperren? Vielleicht lebenslänglich?

Das wäre die angemessene Strafe dafür, wie sehr er mich gedemütigt hat.

Ich träume noch oft von damals, als mein Bruderschwein mit mir Russisches Roulette gespielt hat. Wir waren allein zu Hause. Mein Üben nervte ihn. Er nahm Vaters Revolver aus der Nachttischschublade, steckte eine Patrone in die Trommel und drehte sie.

Nie werde ich das Geräusch vergessen, als er den Hahn spannte.

Dieses metallische Klicken.

Ich wimmerte, als er mir den kalten Lauf in den Mund schob. Ich glaubte, ich müsste ersticken an dem Metallrohr und an meiner Angst; der Todesangst, die sich mit Eisfingern um meine Kehle krallte.

Dann drückte er ab. Mit dem Bewusstsein, dass ich noch lebte, kam auch das Gefühl der Demütigung auf. Und ich spürte die warme Feuchtigkeit in meiner Hose, die rasch kalt wurde.

Nie werde ich den Klang seines Gelächters vergessen, das spöttische Blitzen in seinen Augen.

Immer wache ich schweißgebadet aus diesen Träumen auf, mit trockener Kehle, als ob ich stundenlang geschrien hätte.

Aber mein Bruder hat dafür bezahlt. Er muss Höllenqualen gelitten haben, während er bei lebendigem Leib verbrannt ist.

Auch ER wird Höllenqualen leiden. Die seelischen Qualen eines Menschen, der unschuldig im Gefängnis sitzt.

Mir wird ER nie wieder in die Quere kommen.

*Doch alles, was mich peinigte bis heut',*
*schon morgen kümmert es mich keinen Deut-*
*wie leise Töne, die im Wind verweh'n.*
*Auf welches Instrument ist ER gespannt?*
*Und welchem Geiger nehm' ich's aus der Hand?*
*O süßes Fleh'n.*

# 27

Olivia stand vor dem Küchenfenster und schaute hinaus. Nebelschleier hatten sich über die bunten Herbstfarben gelegt und der Regen ließ die wenigen an den Ästen verbliebenen Blätter schwarz aussehen.

*Wo bleibt Jay?* Über zwei Stunden war er jetzt schon bei der Kripo.

Sie seufzte. Sie hatte nachts ewig nicht einschlafen können. Erst irgendwann gegen Morgen war sie kurz eingenickt.

Als sie mit Kopfschmerzen erwachte, war Jay schon weg. Die Liste mit den Schüleradressen hatte er mitgenommen. Ein Zettel von ihm lag unter dem Marmeladeglas: „Bin bei Polizei. Bitte iss was, Darling."

Aber außer einem Glas Milch brachte sie nichts hinunter.

Die Straße war wie leer gefegt. Nur ab und zu fuhr ein Auto vorbei. Olivia fror in ihrem dünnen Pyjama. Schließlich rannte sie nach oben, duschte in Rekordzeit und zog sich an. Als sie ihren Fensterplatz wieder einnahm, bot sich ihr dasselbe triste Bild wie zuvor.

Kein Zeichen von Jay.

Sie fütterte Evelyn und stellte ihr frisches Wasser hin. Immer noch nichts.

Sie reinigte Stings Gehege und brachte das verschmutzte Zeitungspapier zum Biomüll.

Jay kam nicht.

Schließlich hatte sie es satt, vergeblich aus dem Fenster zu sehen. Sie sprang auf und ging in den Keller, um sich wieder einmal richtig am Schlagzeug auszutoben.

Wann hatte sie eigentlich das letzte Mal gespielt?

Menschenskind. Das war nach Lisas Party gewesen, als sie so getan hatte, als hätte sie stundenlang geübt. Um Jay zu täuschen. Ihre Schlagzeugstunde war wegen Yasis Beerdigung ausgefallen. Und prompt hatte sie eine ganze Woche lang nicht daran gedacht, ihr Instrument nur zu berühren. Was für eine Schande!

Als sie die Tür zu ihrem Übungsraum öffnete, wunderte sie sich zuerst über die ungewohnte Kälte.

Dann fiel ihr Blick auf das Fenster. Es stand sperrangelweit offen.

Olivia erschrak. Sie versuchte sich zu erinnern. Nach Lisas Party war sie durch das Kellerfenster eingestiegen und hatte es hinter sich zugemacht, ohne es zu verriegeln. Das wusste sie noch ganz genau. Weil sie sich gedacht hatte, wie praktisch so ein Noteinstieg im Fall eines umfassenden Ausgehverbots doch war.

Kann der Wind das Fenster aufgedrückt haben, fragte sie sich.

Unmöglich. Im Kellerschacht gab es keinen Wind. Hatte Marianne hier unten sauber gemacht, gelüftet und vergessen, das Fenster zu schließen? Nein. Letzten Mittwoch hatte sie sich ja verplaudert und war dann direkt nach Hause gegangen, ohne den Keller zu putzen.

Plötzlich fiel es Olivia wie Schuppen von den Augen.

*Yasis Mörder.* Er musste auf diesem Weg ins Haus gekommen sein. Und als er wieder hinauskletterte, ließ er das Fenster offen stehen, denn von außen konnte man es nicht schließen.

Langsam trat Olivia näher. Sie bemerkte, dass einer ihrer Drumsticks, die sie immer auf dem Notenständer ablegte, heruntergefallen war.

Der Abend, als sie von Yasis Ermordung erfahren hatte, kam ihr wieder in den Sinn. In der darauf folgenden Nacht hatte Olivia geträumt, dass Yasi ihr einen Brief geben wollte. Einen Brief, der einen Schlüssel enthielt. Im Traum ließ sie den Umschlag fallen. Er schlug mit einem Geräusch auf, das wie ein Beckenschlag klang. Davon war sie aufgewacht und hatte zuerst geglaubt, sie hätte das Geräusch nur geträumt. Dann hatte sie Sting für den Verursacher gehalten, Sting und seinen Blechnapf.

Was, wenn sie von einem echten Beckenschlag geweckt worden war?

Der Kellerraum war zwar isoliert, aber keineswegs schalldicht. Einen lauten Schlag auf die Hi-Hat konnte man gut bis in den ersten Stock hören. Vielleicht war der Mörder im Dunkeln gegen die Hi-Hat gerannt? Das würde auch erklären, warum sie schief stand. Und dabei musste einer der Sticks vom Notenständer gerollt sein.

Olivia ging zum offenen Fenster, schloss und verriegelte es diesmal. Ihr Blick fiel auf das Fensterbrett. Was sie sah, ließ ihr Herz schneller schlagen.

Ein Abdruck. Ein fast vollständiger Abdruck eines Schuhs mit grobem Profil. Auch am Parkettboden bemerkte sie jetzt einige Abdrücke. Zum Teil war sie schon darüber gelaufen und hatte sie verwischt.

Für den Bruchteil einer Sekunde dachte sie daran, die Polizei zu verständigen.

Doch dann stellte sie sich den Kugelbauch vor und wie seine steinernen Augen sie fixieren würden.

„Das hast du dir ausgedacht, um deinen Vater zu entlasten, stimmt's?“, würde Vent sagen. „Netter Versuch, aber leider …“

Nein. Die Polizei konnte sie sich sparen.

Dafür hatte sie einen anderen Einfall. Sie raste nach oben und holte ein Lineal, das sie neben den Abdruck legte. Dann fischte sie ihr Handy aus der Hosentasche und fotografierte aus allen möglichen Perspektiven. Einige Aufnahmen waren verwackelt. Aber zwei hatte sie gestochen scharf hinbekommen. Sie zeigten das Profil der Sohle haargenau. Auch die Skala des Lineals war deutlich zu erkennen. Der Abdruck maß 29,5 cm in der Länge und stammte damit von einem sehr großen Fuß. Bestimmt von einem Männerschuh. Olivia holte sich Jays Laufschuhe aus dem Regal im Flur. Größe 41. Der Schuh, der den Abdruck hinterlassen hatte, musste jedenfalls deutlich größer sein. Vielleicht Größe 43 oder 44.

„Hallo, Aschenputtel“, murmelte sie. „Jetzt muss ich nur den passenden Schuh finden, dann hab ich dich!“

Als Jay nach Hause kam, war es fast Mittag.

Olivia hätte beinahe aufgeschrien, als ihr Blick auf seine Hände fiel, auf die Handschellen, auf sein kalkweißes Gesicht. Zwei Polizisten in Uniform begleiteten ihn. Der jüngere der beiden trat von einem Fuß auf den anderen, als wäre ihm die Szene peinlich.

Jay erklärte ihr, dass sich seine Fingerabdrücke nicht nur auf der Mordwaffe befanden, sondern auch auf dem Gedicht, obwohl er schwor, es nie getippt und nie seine Initialen daruntergesetzt zu haben.

Auch sein Alibi war nicht wasserdicht. Kollegen des Symphonieorchesters hatten ausgesagt, dass er nicht schon um 19 Uhr zur Probe erschienen war, sondern erst kurz vor halb acht. Da Yasis Leiche nicht weit vom Proberaum gefunden worden war, hätte er Zeit gehabt, den Mord zu begehen und die Leiche im Abbruchhaus zu deponieren.

„Aber ich war nur spazieren", sagte er zerknirscht.

Das Schlimmste kam aber noch. Die Recherchen der Kripo hatten ergeben, dass Jay vor vielen Jahren in Sydney wegen Verführung einer minderjährigen Schülerin angezeigt worden war.

„Und jetzt glauben Sie, dass er auch Yasi verführen wollte? Dass sie ihn zurückgewiesen und er sie aus Zorn oder Enttäuschung erschlagen hat?", fragte Olivia den älteren der beiden Polizisten.

„So ähnlich", brummte der. „Vielleicht auch nur im Affekt", fügte er hinzu, als könnte das die Katastrophe mildern. „Jedenfalls mussten wir deinen Vater festnehmen. Und eine Richterin wird noch heute darüber entscheiden, ob er in Untersuchungshaft kommt."

Olivia sah Jay in die Augen. „Stimmt das mit Sydney? Mit der Anzeige?", fragte sie.

„Ja." Er hielt ihrem Blick stand. „Aber ich kann es erklären. Es ist nicht wie du denkst."

Der jüngere Polizist wischte ein paar Mal über seinen Schnauzbart. „Herr Harrison, wir müssen jetzt gehen. Packen Sie ein paar Sachen zusammen."

Sie begleiteten ihn nach oben und kamen wenig später mit Jays Reisetasche zurück.

„Ich habe Henriette angerufen. Sie kommt abends und bleibt bei dir", sagte Jay leise, doch mit fester Stimme.

Olivia nickte.

„Take care, Darling." Er ging hinaus, flankiert von den Beamten, denen man ansah, wie unwohl sie sich in ihrer Haut fühlten.

Der letzte Blick, den sie von ihrem Vater auffing, war voll von Liebe, Sorge, Angst, Müdigkeit und Trauer. Nichts, was man in den Augen eines Mörders erwarten würde. Oder?

„Es ist nicht, wie du denkst", rief er noch einmal über die Schulter.

Ihre Zweifel waren stärker denn je.

Sie musste sich einen Stoß geben, um sie für einen Moment wegzuschieben.

„Ich hole dich da raus", sagte sie mit heiserer Stimme. Doch er war schon zu weit weg, um es zu hören.

# 28

Kurz nachdem die beiden Polizisten Jay weggebracht hatten, kam Lindinger mit vier jungen Kripobeamten. Sie hatten einen Durchsuchungsbefehl und durchkämmten jeden Winkel des Hauses, auch Olivias Zimmer. Gebannt sah sie zu, wie sie in ihrer Wäsche wühlten, ihren Schreibtisch durchsuchten, sogar den Rucksack mit ihren Schulbüchern. Sie versuchte Evelyn zu beruhigen, die mit gesträubtem Fell im Zimmer hin und her schoss. Als Olivia die Katze auf den Arm nehmen wollte, bekam sie einen Hieb mit ausgefahrenen Krallen, der noch durch den dicken Pulli schmerzte. Endlich entwischte Evelyn fauchend durch die angelehnte Tür.

Als ein milchgesichtiger Kripomensch Olivias alte Lieblingsjeans aus dem Schrank nahm und sie auseinanderrollte, ging ein Schauer durch ihren Körper.

Wenn Fabian nicht wäre, säße sie jetzt ganz schön in der Tinte. Und für Jay sähe es noch schlechter aus als ohnehin schon.

Sie schluckte. Ihr Speichel schmeckte süßlich und irgendwie nach Metall. Erst jetzt bemerkte sie, dass sie sich die Lippen blutig gebissen hatte.

Als die Kripoleute unverrichteter Dinge abzogen, fühlte Olivia sich vollkommen leer und kraftlos. Ihre Energie reichte weder für einen Wutausbruch noch für ein paar Tränen. Sie kauerte sich auf dem Bett zusammen. In ihrem Kopf waberten Gedankenfetzen, die sie nicht richtig fassen konnte. Und auch nicht fassen wollte.

Sie verlor jedes Zeitgefühl, dämmerte einfach vor sich hin.

Auch das nervige Piepen des Handys riss sie nicht aus ihrer Lethargie. Erst beim vierten oder fünften Anruf reagierte sie.

Es war Fabian. Zum ersten Mal freute sie sich nicht, dass er sich meldete. Sie empfand gar nichts. Als hätte sich ein Schwarm hungriger Piranhas in ihrer Blutbahn niedergelassen und alle Emotionen weggefressen.

„Was willst du?"

„Was ist los, Olivia? Wie geht's dir?" Er klang besorgt.

„Danke, beschissen."

„Soll ich vorbeikommen?"

„Nein."

„Was ist mit deinem Vater?", fragte er zaghaft.

„Verhaftet."

Sie hörte Fabian atmen. Es hatte ihm offensichtlich die Sprache verschlagen. „Mensch, das tut mir so leid", sagte er endlich. „Heißt das, du bist ganz allein?"

Sie hatte ihm zwar nie erzählt, dass ihre Mutter schon lange tot war, aber er wusste es natürlich. So wie sie wusste, dass seine Eltern geschieden waren und er bei seiner Mutter lebte.

„Wenn du willst, kannst du zu uns kommen. Es gibt ein Gästezimmer. Meine Mum würde sich freuen."

„Nein, danke. Henriette, unsere Nachbarin, zieht vorübergehend hier ein." Wieso hatte sie vorübergehend gesagt? Nichts deutete daraufhin, dass diese Situation je vorübergehen würde.

„Du klingst, als hättest du schon aufgegeben. Das kann nicht dein Ernst sein. Es passt einfach nicht zu dir."

So gut kennst du mich doch gar nicht, dachte sie. Aber er hatte recht. Es passte nicht zu ihr und dieses schlaffe Herumhängen, diese Untätigkeit kam ihr selbst ganz fremd vor.

„Wir brauchen einen neuen Plan", sagte Fabian. „Los! Mach einen Vorschlag!"

Er redete wie jemand, der es nicht erwarten konnte, ein spannendes Abenteuer zu erleben. Aber für sie war es bitterer Ernst.

„Was du auch ausheckst, ich bin dabei. Wir holen deinen Vater da raus."

*Meine Worte.* Wie kindisch sie sich jetzt anhörten.

„Tut mir leid, aber mir fällt nichts ein", sagte sie stur.

„Treffen wir uns im *Lichtblick*? Dann überlegen wir gemeinsam. Zusammen fällt uns bestimmt etwas ein."

„Lass gut sein. Hat doch alles keinen Sinn. Vielleicht liegen die Bullen ja richtig und Jay ist wirklich der, den sie suchen."

„Du bist verbittert. Klar. Kann ich verstehen." Jetzt klang seine Stimme enttäuscht. „Aber du darfst jetzt nicht aufgeben. Du musst ..."

„Du darfst nicht, du musst ... Was weißt denn du? Du hast ja keine Ahnung, was das für ein Gefühl ist. Lass mich einfach in Ruhe!"

Das Schweigen am anderen Ende klang erschrocken und – verletzt.

Olivia beendete das Gespräch und warf sich aufs Bett. Tränen liefen ihr über die Wangen.

*Mist. Bullshit. Bloody!*

Musste sie ihren Frust an dem einzigen Menschen auslassen, der es gut mit ihr meinte?

*Das hast du wieder toll hingekriegt, Olivia Harrison. Wirklich weltklasse.*

Wenigstens funktionierten ihre Gefühle wieder so weit, dass sie Wut, Trauer und grenzenlose Verzweiflung empfinden konnte. Obwohl sie gerne darauf verzichtet hätte.

# 29

Irgendwann musste sie vor Erschöpfung eingeschlafen sein. Als sie aufwachte, dämmerte es bereits. Aber ihr Kopf funktionierte wieder einigermaßen. Sie fühlte sich frischer, halbwegs erholt. In ihrem Inneren brodelte auf kleiner Flamme noch immer die Wut. Die grenzenlose Verzweiflung wich bereits dem Tatendrang.

Die Fotos fielen ihr ein. Der Fußabdruck. Sie setzte sich an den Computer und sah sich die Aufnahmen nochmals genau an. Davon hatte sie Fabian noch gar nichts erzählt! Sie musste sofort mit ihm sprechen. Sich entschuldigen. Ob er nach dem peinlichen Telefonat von vorhin beleidigt war?

Zuerst schickte sie ihm die beiden Fotos per Mail.

„Das ist unser Mann“, schrieb sie dazu und klickte auf *Senden*.

Dann rief sie ihn an.

„Entschuldige, dass ich vorhin so unmöglich war. Sprichst du noch mit mir?“

„Sicher. Kein Problem.“

Sie versuchte seine Stimme einzuschätzen. Klang er enttäuscht? Sauer? Eingeschnappt oder desinteressiert? Sie wusste es nicht. „Können wir uns doch treffen? Jetzt gleich? Ich habe nämlich etwas Wichtiges entdeckt.“ Sie hörte Motorengeräusche im Hintergrund.

„Tut mir leid, das hättest du dir früher überlegen müssen. Ich fahre gerade mit Mum ins Grüne. Der Rudi vom *Geiblinger* will uns einen Vorführwagen von Toyota aufschwatzen. Ein echtes Schnäppchen. Wir dürfen ihn übers Wochenende Probe fahren."

Mist, dachte Olivia. Aber sie war selbst schuld. Enttäuschung trocknete ihren Mund aus. „Dann hast du morgen auch keine Zeit, oder?"

„Wir kommen erst morgen Abend zurück. Wird wohl ziemlich spät."

„Schade." *Ich blöde Kuh*. Olivia hätte sich wieder mal ohrfeigen können. Warum war sie vorhin so abweisend gewesen. Kein Wunder, dass er keinen Bock mehr hatte, sich mit ihren Problemen herumzuschlagen.

„Tut mir echt leid. Wenn ich es früher gewusst hätte, wäre ich zu Hause geblieben."

„Macht nichts. Muss ich mir eben selbst den Kopf zerbrechen."

„Was hast du denn entdeckt?" Immerhin klang er jetzt neugierig.

„Ich habe herausgefunden, wie der Mörder in unser Haus gekommen ist. Durchs Kellerfenster. Es gibt einen schönen Fußabdruck. Hab dir ein Foto davon gemailt. Mit Lineal." Darauf war sie schließlich besonders stolz.

„Treffen wir uns am Montagnachmittag? Im *Lichtblick*?", fragte er.

Olivias Hände begannen zu schwitzen. „Wann?"

„So gegen halb drei?"

„Geht klar." Sie atmete erleichtert durch. „Danke. Und viel Spaß bei eurem Ausflug."

Es klickte und das Gespräch war zu Ende.

Ihre Gefühle meldeten sich zurück. Stärker denn je. Sie fragte sich, ob sie in Fabian verliebt war.

*Nein. Blödsinn. Wieso auch?*

„Klar bist du verknallt, Olivia Harrison", zischte die böse kleine Stimme in ihrem Hirn. „Bis über deine roten Ohren verknallt. Und natürlich völlig hoffnungslos. Was sollte so ein toller Typ schon von dir wollen? Du hast Glück, dass er sich für den Mordfall interessiert."

*Das ist nicht wahr. Ich verliebe mich nie. Fabian ist nur ein Kumpel. Ein Freund.*

„Warum bekommst du dann Herzklopfen und Schweißhände, wenn du mit ihm telefonierst?" fragte die Stimme gnadenlos.

*Er war es, der mich zuerst angesprochen hat. Und der mit mir tanzen wollte auf Lisas Party.*

„Das hat er ja schwer bereut."

*Und der sich mit mir im Café treffen wollte.*

„Vielleicht gibt es einen Grund für sein Interesse? Oder glaubst du, dass ihm deine Segelohren gefallen? Und deine große Nase?", fragte die Stimme.

*Vielleicht findet er mich einfach sympathisch?*

„Natürlich, Olivia Harrison, er ist von deinem ungeheuren Charme und deinen Stimmungswechseln hingerissen. Das wird es sein!"

*Was sollte er sonst für einen Grund haben? Den Mord an Yasi?*

„Vielleicht ist er ja selbst der Mörder?" Die Stimme lachte hämisch.

*Stopp!* Olivia rammte ihre Faust gegen die Wand.

Wurde sie jetzt wahnsinnig? Sie holte ihren MP3 Player aus dem Rucksack, stopfte sich die Stöpsel in die Ohren und drehte so laut auf wie sie es gerade noch aushielt.

Hauptsache diese widerliche Stimme wurde übertönt.

Plötzlich spürte sie eine Hand auf ihrer Schulter.

Sie schrie auf und fuhr herum.

Henriette lächelte sie an.

Olivia zog die Ohrstöpsel heraus.

„Entschuldige, Liv, ich wollte dich nicht erschrecken." Henriettes tiefe Stimme klang wie Balsam in ihren Ohren.

„Henry! Ich bin froh, dass du da bist." Olivia umarmte die Nachbarin.

„Es tut mir so leid, was passiert ist." Henriette strich ihr eine Haarsträhne aus dem Gesicht. „Aber mach dir keine Sorgen. Dein Dad wird in null Komma nichts wieder frei sein."

„Glaubst du das wirklich oder sagst du es nur, um mich aufzumuntern?"

Henriette warf ihr einen entrüsteten Blick zu. „Natürlich glaube ich das. Du etwa nicht?"

„Und wenn etwas dran ist? Ich meine, wenn er wirklich …"

„Halt! Sprich nicht weiter, Olivia. Dein Vater ist eine Seele von einem Menschen. Niemals, hörst du, niemals könnte er so etwas tun!"

„Ich kann es mir ja auch nicht vorstellen. Aber die Indizien sprechen gegen ihn."

Henriette nahm Olivias Hände in ihre und sah ihr in

die Augen. „Hör auf dein Herz, Liv. Man sieht nur mit dem Herzen gut.“

*Der kleine Prinz.* Vor vielen Jahren war das ihr Lieblingsbuch gewesen und immer, wenn Henriette abends auf sie aufgepasst hatte während Jay probte, hatte sie ihr daraus vorlesen müssen.

„Du hast recht“, murmelte Olivia.

„Den Verstand kann man umnebeln, täuschen, manipulieren. Indizien ebenso. Nur auf deine Gefühle kannst du dich verlassen.“

„Die sind leider ziemlich verworren, manchmal.“

„Du musst lernen, auf sie zu hören. Oft werden sie vom Verstand ausgehebelt und es ist schwer, zu erkennen, was dir dein Herz sagen will.“

Olivia dachte an die böse kleine Stimme in ihrem Kopf und nickte. „Wie bist du eigentlich herein gekommen?“

„Jay hat seinen Schlüssel im Büro dieses Kriminalbeamten für mich hinterlegt, ich glaube er hieß Wendt oder so ähnlich.“

„Vent. Nepomuk Vent. Bei mir heißt er Kugelbauch.“

„Das ist ein sehr netter Mann. Er hat sich fast dafür entschuldigt, dass er deinen Vater verhaften musste.“

„Da musst du dich täuschen, Henry.“

„Vertrau mir. Ich täusche mich selten in Menschen.“

Einen Moment lang hatte Olivia daran gedacht, Henriette in alles einzuweihen. Doch sie hätte darauf bestanden, die Polizei einzuschalten und so verwarf Olivia die Idee wieder. Nein, sie durfte weder den Schuhabdruck noch die Halskette erwähnen. Am besten, sie sprach gar nicht über den Mord.

Henriette musterte Olivia eindringlich und befand, dass sie viel zu dünn und viel zu blass war.

„Sei mir nicht böse, Liv, aber du siehst aus wie ein Gespenst. Solange ich hier bin, werde ich dich ein bisschen aufpäppeln. Wann hast du eigentlich das letzte Mal was Vernünftiges gegessen?"

„Ähm …" Olivia wusste es nicht mehr.

„Lass uns zusammen kochen. Das vertreibt die bösen Gedanken."

Kurz darauf wuselte Henriette in der Küche herum, öffnete der Reihe nach alle Kästchen und Schubladen, fand eine Schürze und band sie sich um. „Wie wär's mit Gemüserisotto?"

„Klingt lecker, aber Reis gibt's bei uns jeden zweiten Tag. Es ist das einzige, was Jay richtig kochen kann."

Henriette schüttelte den Kopf. „Ich sehe schon, in Zukunft werde ich deinen Vater und dich öfter zum Essen einladen."

„Apropos Zukunft", sagte Olivia. „Was passiert eigentlich mit mir, wenn Jay länger eingesperrt wird?"

„Dann wird sich das Jugendamt einschalten. Und ich werde das Sorgerecht beantragen, das habe ich am Telefon mit ihm besprochen. Natürlich nur, wenn du einverstanden bist."

Henriette warf Olivia einen unsicheren Blick zu. „Sonst würdest du wohl in ein Heim kommen."

„Soll ich dir ein Geheimnis verraten? Als ich noch klein war, habe ich mir immer gewünscht, dass du Jay heiratest. Ich konnte das damals nicht verstehen, dass es mit euch nicht geklappt hat." Eigentlich fand sie das heute noch schade.

Henriette wandte rasch den Kopf ab. Olivia war trotzdem nicht entgangen, dass die Wangen ihrer Nachbarin die Farbe des rot lackierten Stuhls angenommen hatten.

„Dann hätten wir das Thema Sorgerecht geklärt und sprechen nicht mehr darüber, denn es ist hinfällig. Jay wird in wenigen Tagen wieder zu Hause sein und für dich Reis kochen." Henriette lächelte. „Du kannst natürlich jederzeit zu mir flüchten, wenn du was anderes möchtest."

Sie einigten sich auf Spaghetti mit selbst fabriziertem Pesto. Olivia wunderte sich, wie viel Spaß es machte, Pinienkerne, verschiedene Kräuter, Knoblauch, Parmesan und Olivenöl mit dem Pürierstab zu einem feinen Brei zu verarbeiten.

Henriette deckte liebevoll den Tisch. Sogar eine Kerze zündete sie an, die sie aus ihrer Wohnung geholt hatte. Auch eine Flasche Rotwein brachte sie mit.

„Das bleibt unter uns. Jay würde mich lynchen. Aber da du schon sechzehn bist, kannst du ruhig mit mir anstoßen, finde ich." Sie öffnete den Wein und schenkte jedem ein halbes Glas ein."

Mit hellem Klang stießen die Gläser aneinander und ihre Blicke trafen sich. Sie schwiegen. Jeder wusste, worauf der andere trank. Worte hätten nur die Stimmung verdorben.

Nach dem Essen wollte Olivia in ihr Zimmer gehen und sich endlich in Ruhe überlegen, von wem der Fußabdruck sein könnte. Doch sie hatte die Rechnung ohne Henriette gemacht.

„Ich habe gehört, du hast Probleme mit Mathe", sagte sie. Wie angewurzelt blieb Olivia stehen.

„Hat Jay nichts Wichtigeres zu besprechen als meine Mathenote?"

„Er macht sich halt Sorgen. Ich kann mir vorstellen, dass dich das nervt. Aber vielleicht kann ich dir ja helfen?"

Olivia hob die Brauen.

„Zeig mir doch einfach mal, was ihr in letzter Zeit so durchgenommen habt."

„Ach Henry, das willst du echt nicht wissen."

„Und wie ich das wissen will! Ich liebe Mathe, ob du es glaubst oder nicht. Ich war ein richtiges As."

Murrend holte Olivia ihr Heft.

„Quadratische Gleichungen!", rief Henriette aus, als hätte sie es mit niedlichen Hundewelpen zu tun. Sie überflog das erste Beispiel und quittierte es mit einem Lächeln.

„Das wäre unsere Hausübung für gestern gewesen", gestand Olivia, „aber zum Glück war der Lenz krank. Ich habe keinen Schimmer, wie ich das lösen soll."

„Schau mal her, das ist ja ganz leicht." Henriette riss ein frisches Blatt aus Olivias Block und nahm einen Bleistift.

„$10x - 4(-3x + 1) - 2(x + 23)(x + 1) = -6$", las sie laut. Nein, sie trug die Gleichung vor wie ein Gedicht.

Und dann geschah das Wunder. Henriette schaffte in einer knappen Stunde das, was dem Lenz in zwei Jahren nicht ansatzweise gelungen war. Sie konnte Mathe so erklären, dass es wie ein Kinderspiel aussah.

„Du musst schrittweise dran gehen, Olivia. Zuerst multiplizierst du die Klammern aus. Dann fasst du die gleichartigen Glieder zusammen. Im dritten Schritt bringst du alles auf eine Seite und zuletzt sortierst du es um, dass es in der Reihenfolge $x^2$, x, Zahl da steht. Siehst du?"

„Das ist alles?"

„Das ist die Vorbereitung. Jetzt geht's erst an die Lösung. Aber auch da kommt immer eins nach dem anderen."

Geduldig erklärte Henriette jeden Prozess und rechnete ihn Olivia vor, dann musste Olivia an einem anderen Beispiel zeigen, dass sie es verstanden hatte.

Sie wusste nicht, ob es an Henriettes tiefer Stimme lag oder an ihren logischen Erklärungen, die nie einen Denkschritt übersprangen, jedenfalls begann Olivia zu verstehen. Am Ende machte es ihr sogar Spaß.

„Du hast dir den falschen Beruf ausgesucht, Henry", sagte sie, nachdem es ihr gelungen war, auch das letzte Beispiel eigenständig zu lösen.

„Vielleicht wäre ich gar keine so schlechte Lehrerin. Aber ich bleibe lieber bei meinen Heftromanen."

Olivia verdrehte die Augen. Henriette schrieb kitschige Liebesgeschichten, in denen ein Dr. Sven Hauser als unwiderstehlicher Herzensbrecher die Hauptrolle spielte. Olivia hatte einmal eine Folge gelesen und sie schrecklich gefunden.

„Warum schreibst du eigentlich nicht was …“ Sie biss sich auf die Lippen. Was Gescheites hatte sie sagen wollen. „So was wie *Der kleine Prinz*. Oder *Harry Potter*.“

Henriette grinste. „Vielleicht sollte ich das mal versuchen. Im Moment bin ich mit meinen Heile-Welt-Geschichten vollkommen zufrieden. Und ich kann sogar davon leben.“

Das Zusammensein mit Henriette tat Olivia richtig gut. Schon lange hatte sie sich nicht mehr so unbeschwert gefühlt. Die Nachbarin vermittelte ihr Zuversicht und nahm Anteil an ihrem Leben. Henriettes Augen strahlten, als sie Sting in die Hand nehmen durfte und als der kleine Igel begann, ungeniert an ihrem Daumen zu knabbern. Sie ließ sich genau erklären, wie viel er noch zunehmen musste, ehe er in sein Winterquartier verfrachtet werden konnte. Und warum man ihm keinesfalls Milch geben durfte.

Henriette bezog das Gästezimmer. Der Gedanke, in der Nacht nicht alleine sein zu müssen, beruhigte Olivia so, dass sie in einen tiefen, traumlosen Schlaf fiel, kaum hatte sie sich die Decke über die Nase gezogen.

Am Sonntag schaffte sie es, alle Aufgaben zu lösen, die sie bei der letzten Mathe-Arbeit in den Sand gesetzt hatte. Mit Henriettes Hilfe war Mathematik gar nicht schlimm und vor allem nicht langweilig.

„Was hältst du von einer kleinen Wanderung?“, fragte Henriette am Nachmittag.

Olivia war einverstanden.

Vielleicht lag es an den üppigen Herbstfarben oder am weichen Waldboden, der bei jedem Schritt nachfederte, jedenfalls ließ sie sich hinreißen, von ihren Gefühlen gegenüber Fabian zu erzählen.

Henriette fragte nicht: „Wer ist das? Was machen seine Eltern beruflich? Und wie alt ist er?"

Lange sagte sie gar nichts. Dann sah sie Olivia von der Seite an. „Und was spürst du, wenn du mit Fabian zusammen bist?"

Olivia dachte nach. „Mit ihm fühle ich mich so lebendig."

Henriette lachte. „Wie schön! Der ist der Richtige für dich."

„Henry, darf ich dich was fragen?"

„Nur zu."

„Warum lebst du eigentlich alleine? Verliebst du dich nie?"

„Der Mann, den ich liebe, ist leider vergeben", sagte Henriette. Ihre Stimme klang traurig, aber nicht verbittert. Dann war sie also doch nicht in Jay verliebt, wie Olivia insgeheim vermutet hatte. Schade.

„Heißt das du bist unglücklich? Schreibst du deshalb Heile-Welt-Geschichten?"

Henriette schüttelte den Kopf. „Ich habe mich damit abgefunden. Man kann auch alleine leben und glücklich sein, weißt du?"

Am Sonntagabend fiel Olivia todmüde ins Bett und stellte mit Schrecken fest, dass sie den ganzen Tag über nicht darüber nachgedacht hatte, wer den Fußabdruck auf dem Fensterbrett im Keller hinterlassen haben könnte. Wenn Henriette sich vorgenommen hatte, sie abzulenken, dann hatte sie wirklich ganze Arbeit geleistet. Olivia war dankbar für die Pause. Vielleicht würde ihr morgen umso mehr einfallen.

Hoffentlich ist der Lenz wieder gesund, dachte sie. Der würde staunen, wenn er ihre Mathe Aufgaben sah.

„Niemals hast du das alleine verbrochen, Harrison. Von wem hast du abgeschrieben?"

„Ich habe nicht abgeschrieben, das schwöre ich. Ich hab's kapiert."

„Kapiert? Du?" Der Lenz lachte laut auf. Es klang wie Ziegengemecker. Plötzlich riss sein Lachen ab und seine Gesichtszüge entgleisten. „Das Schwindeln werde ich dir austreiben!", schrie er und stürzte sich auf sie.

Olivia flüchtete aus der Klasse. Sie rannte durch einen langen, dunklen Korridor. Der Atem des Lenz wurde immer lauter, schon kitzelte er ihre Nackenhärchen.

„Bleibst du jetzt stehen!"

Er erwischte Olivia am Ärmel ihrer Jacke und riss sie herum.

Aber es war gar nicht der Lenz, sondern Yasi. Sie lächelte. Wieder hatte sie etwas in der Hand, einen Brief, den sie Olivia geben wollte.

Das ist ein Traum, dachte Olivia. Das habe ich schon mal geträumt. Ich muss aufwachen.

„Nimm, Liv, das ist der Schlüssel!", sagte Yasi und drückte ihr das Kuvert in die Hand.

„Aber da ist doch gar kein Schlüssel drin", sagte Olivia.

Diesmal ließ sie das Kuvert nicht fallen. Sie öffnete es vorsichtig. Ein zusammengelegter Brief kam zum Vorschein, den sie schon einmal gesehen hatte. Sie konnte ihn nicht lesen, weil die Buchstaben vor ihren Augen verschwammen. Das einzige, was sie ganz scharf erkannte, waren zwei Schnörkel am Ende des Briefs: *J. H.*

Jays Unterschrift. Olivia stieß einen Überraschungsschrei aus. Und schreckte hoch.

Ihr Herz raste. Was für ein seltsamer Traum.

„Wenn ich nur wüsste, was du mir sagen willst, Yasi“, murmelte sie. „Ist das Liebesgedicht, das die Polizei in deiner Manteltasche gefunden hat, der Schlüssel zu dem Fall? Meinst du das?“

Ein leises Schnarchen war die einzige Antwort und sie kam von Sting.

# 30

Natürlich waren die Zeitungen voll davon.

*Jason Harrison verhaftet,* titelte das *Morgenblatt.* In der *Rundschau* hieß es: *Mordwaffe führte zum Geigenlehrer. Fall Yasemin G. kurz vor Aufklärung.* Den Vogel schoss wie erwartet der *Landbote* ab. Ein großes Foto von Jay zierte die Titelseite des Käseblatts. Man sah ihn von der Seite und in Handschellen. *Spiel mir das Lied vom Tod: Yasemins Geigenlehrer unter Mordverdacht,* stand in fetten roten Lettern darunter.

Olivia war extra früher aufgestanden, damit sie vor der Schule in den Supermarkt gehen und in Ruhe die Zeitungen durchlesen konnte. Und jetzt schaffte sie es nicht. Eine Welle Übelkeit überrollte sie und sie musste sich am Regal abstützen.

In den Regionalnachrichten in Radio und Fernsehen war relativ sachlich über Jays Verhaftung berichtet worden. Die Art und Weise, wie die Zeitungen ihren Vater vorverurteilten, raubte ihr den Atem. Sie begann zu verstehen, wie Demir sich gefühlt haben musste, als er noch vor wenigen Tagen der Titelheld gewesen war. Entsetzt und unsicher machte sie sich auf den Weg in die Schule.

Noch ehe sie ihre Klasse betrat, registrierte sie das veränderte Klima. Man ging ihr aus dem Weg. Man wandte sich ab. Grüppchen bildeten sich. Olivia konnte die Blicke und das Tuscheln in ihrem Rücken spüren wie giftige Pfeile. Kaum drehte sie sich um, verstummten die Betreffenden und sahen weg. Was für ein elendes Gefühl.

Lisa hielt sich als einzige heraus. Sie schenkte Olivia ein schiefes Lächeln, das schwer zu deuten war.

Sogar die Lehrer behandelten sie anders als sonst. Manche gaben sich korrekt, aber auffallend distanziert. Andere zerflossen fast vor Mitleid. Das waren die schlimmsten.

Der Lenz war wieder gesund. Er verhielt sich Olivia gegenüber feindselig wie eh und je. Zum ersten Mal war sie froh darüber.

„Freiwillige vor!“, rief er, nachdem er eine quadratische Gleichung an die Tafel geschrieben hatte.

Er musterte die Klasse mit Scannerblick. Die meisten Köpfe senkten sich blitzschnell. Augen wurden niedergeschlagen, starrten stumpf in die Hefte. Keine erhobenen Hände, nur angestrengtes Wegschauen.

Olivia zeigte als einzige auf.

Die buschigen Brauen des Lenz wölbten sich in ungeahnte Höhen. „Willst du uns erheitern, Harrison?“, fragte er und reichte ihr die Kreide.

Olivias Hände schwitzten. Aber sie dachte an Henriettes dunkle Stimme und das beruhigte sie. Es war erstaunlich leicht, wenn man nur wusste, wie man an das Problem herangehen musste. Schritt für Schritt kam Olivia voran und schrieb nach kurzer Zeit die Lösungsmenge an die Tafel.

Der Lenz schnappte nach Luft. Sein dreckiges Grinsen hatte sich längst verabschiedet. Endlich fand er seine Sprache wieder.

„Harrison, entweder hast du dich bisher verstellt oder ich muss meinen Unglauben an die Menschheit hinterfragen." Er schüttelte den Kopf. „Es gefällt mir zwar ganz und gar nicht, aber ich muss dir wohl oder übel ein fettes Plus eintragen. Was für ein Tag!"

„Was hattest du zum Frühstück?", fragte Lisa nach der Mathestunde. „Müssen bewusstseinserweiternde Drogen gewesen sein."

Olivia atmete auf. Lisa sprach wieder mit ihr. Und sie war im Moment die einzige. „Henry hat mir Nachhilfe gegeben. Sie wohnt jetzt bei uns."

„Cool, dass du den Kopf hast, Mathe zu lernen. In deiner Situation ..." Zum Glück sprach sie nicht weiter.

„Henry kann erklären, das glaubst du nicht. Ich habe so einiges kapiert. Wenn du willst, lernen wir mal zusammen."

„Vor der nächsten Mathearbeit zum Beispiel. Gerne." Lisa stellte einen Fuß auf den Stuhl, um ihre offenen Schnürsenkel zu binden.

Olivias Blick fiel auf Lisas Turnschuhe. Sie stutzte. „Geile Treter. Sind die neu?"

„Die habe ich schon seit drei Wochen. Superbequem. Ich mag sie gar nicht mehr ausziehen. „

„Was für Schuhgröße ist das eigentlich?"

„Seit wann interessierst du dich für Schuhgrößen?"

„Nur so." Olivia zuckte mit den Schultern und versuchte möglichst desinteressiert auszusehen.

„43."

Olivia schluckte. „43? Echt?"

Lisa grinste. „Ich lebe eben auf großem Fuß."

Olivia sah eine kurze Filmsequenz in ihrem Kopf ablaufen.

*Lisas Party. Wie Lisa sich über die Stereoanlage beugt. Wie Olivia sich bei ihr entschuldigt, weil sie spät dran ist und wie sie Lisa von Jays Ausgehverbot erzählt.*

*„Und wenn er vor dir zurückkommt?"*

*„Dann steige ich durchs Kellerfenster ein und tue so, als hätte ich die halbe Nacht geübt."*

*„Welches Kellerfenster?"*

*„Das Fenster zu meinem Übungsraum. Ich habe es geschlossen, ohne es zu verriegeln. Schlau, was?"*

*„Respekt!"*

Lisa wusste von dem Fenster. Als einzige! Und ihre Schuhgröße entsprach der des Abdrucks auf dem Fensterbrett. Olivia schnappte nach Luft.

„Willst du nicht den Mund zumachen, bevor dir etwas Ekliges reinfliegt? Sorry, aber du siehst aus wie eine Kuh, wenn's donnert."

„Ich habe halt noch nie so coole Schuhe gesehen", sagte Olivia rasch.

Lisa! Himmel, es war Lisa. Sie hatte ein Mordmotiv. Eifersucht auf Yasi. Und sie hasste Jay, weil er sie vor allen Leuten gedemütigt hatte.

Lisa wedelte mit der flachen Hand vor ihren Augen auf und ab. „Ich glaube, du hast sie nicht mehr alle. Na, kein Wunder. Ich wäre auch durch den Wind, wenn mein Vater im Knast säße." Sie lächelte schief.

Und Olivia hatte schon geglaubt, Lisa würde Mitgefühl zeigen. Nein, das war Spott. Blanker, beißender Spott.

Das Klingelzeichen enthob Olivia einer Antwort.

Die letzte Stunde schien länger zu dauern als alle Stunden davor zusammengenommen. Die Zeit blähte sich auf und weigerte sich, zu vergehen. Als wären die Sandkörner der globalen Eieruhr verklebt und könnten nicht mehr durch die schmale Öffnung des Glaskolbens fließen. Aber irgendwann war auch das letzte Korn durch und Olivia floh aus dem verhassten Schulgebäude.

Als sie das Gartentor aufdrückte, sah sie Henriette am Boden hocken, einen dampfenden Eimer neben sich. Sie bearbeitete die Hausmauer mit einer Bürste.

„Hi Henry! Was machst du da?"

Wie ertappt sprang sie auf und stellte sich mit ausgebreiteten Armen hin, als wollte sie etwas verstecken. „Geh ins Haus, Liv, schau gar nicht hin. Ich mach das schon." Die Haare hingen ihr wirr ins Gesicht. „Und wenn ich den Verputz abkratzen muss", murmelte sie. Ihre Wangen leuchteten scharlachrot, entweder von der Anstrengung oder vor Wut.

Natürlich ließ Olivia sich so nicht abspeisen. Sanft schob sie Henriette zur Seite und betrachtete die Hausmauer.

*MÖRDER*!

# 31

Unverrückbar prangten die fetten schwarzen Buchstaben an der weißen Wand. Nur das M, das Henriette bearbeitet hatte, war ein wenig blasser.

Olivia schluckte.

„Ich habe die Schweinerei erst vor einer halben Stunde entdeckt. Was für Menschen sind das nur, die so was machen?"

„Vielleicht ganz normale Menschen", murmelte Olivia. „Menschen, die Zeitung lesen und glauben, was drinsteht." War sie nicht selbst auf den Artikel über Demirs mutmaßlichen Ehrenmord hereingefallen? Weil er zu gut in ihre Theorie gepasst hatte? Dabei war sie eigentlich ein durchaus kritischer Mensch.

„Hoffen wir, dass die Polizei bald den richtigen Täter findet, damit der Spuk ein Ende hat." Henriette setzte die Bürste an und scheuerte wild drauflos.

*Der Spuk wird erst enden, wenn ich beweisen kann, dass es Lisa war. Und dass alles, was auf Jay hindeutet, manipuliert wurde.* Olivia atmete tief durch. „Warte Henry, ich helfe dir. Ich weiß, wie wir das abbekommen." Sie holte Schmirgelpapier aus der Garage und schliff damit den Verputz ab.

Nach kurzer Zeit waren ihre Hände rot und brannten, weißer Staub bedeckte ihre Arme. Anstelle der

Schrift prangte nun ein hässlicher grauer Fleck auf der Hauswand.

„Lass gut sein", sagte Henriette. „Das übermalen wir mit weißer Farbe. Ich fahre gleich nachher zum Baumarkt. Aber erst wird gegessen."

Olivias Magen knurrte, als müsste er antworten.

„Magst du chinesisch? Es gibt gebratenes Gemüse mit Glasnudeln."

„Lecker!"

Olivia schlug sich den Bauch voll und erzählte nebenbei von ihrem Erfolg in Mathe. Das Verhalten ihrer Mitschüler verschwieg sie. Henriette hätte sich nur unnötig Sorgen gemacht. Dass sie Lisa verdächtigte, behielt Olivia natürlich auch für sich.

„Hast du viel zu tun heute Nachmittag?"

„Um drei haben wir Turnen. Und dann sollte ich Latein übersetzen für die Klassenarbeit übermorgen. *De bello gallico.* Uäh." Sie verzog das Gesicht.

„Dabei kann ich dir leider nicht helfen, Liv. Da musst du alleine durch. Am besten fängst du gleich an, dann hast du es hinter dir."

„Es ist nur …" Olivia hatte schon eine Ausrede parat. Dann sah sie in Henriettes sanfte Augen, sah wie viel Vertrauen ihr entgegengebracht wurde und brachte die Lüge nicht über die Lippen. „Ich bin mit Fabian verabredet. Wir müssen etwas Wichtiges besprechen."

„Wichtiger als Latein?" Henriette zwinkerte.

„Darf ich gehen? Ich verspreche, dass ich am Abend lerne."

„Du solltest vorher duschen, mein Schatz. Sonst glaubt Fabian, du bist über Nacht gealtert. Deine Haare sind vom Verputz ganz grau."

Diesmal kam Olivia pünktlich. Fabian saß bereits am selben Tisch wie beim letzten Mal. Zur Begrüßung küsste er sie auf beide Wangen. Harmlos. Und doch glühte ihr Gesicht wie auf Knopfdruck.

„Ich habe die Fotos bekommen."

„Ich weiß, wer's war!"

Beide hatten gleichzeitig gesprochen.

Fabian riss seine Augen auf. „Was?"

„Ich …" Olivia verstummte, als sich die Kellnerin näherte. Sie bestellten beide eine Cola.

„Ich weiß, wer's war."

Fabian hing an ihren Lippen. „Sag schon."

„Lisa." Das Wort klang wie ein Donnerschlag in ihren Ohren, dabei hatte sie geflüstert.

Fabian sah sie an, als zweifelte er an ihrem Verstand. „Das ist jetzt aber nicht dein Ernst."

„Es passt alles, nur beweisen kann ich es noch nicht."

„Sie ist eine Zicke, okay. Ich habe nie verstanden, was Max an ihr findet und mich für ihn gefreut, als er sich in Yasi verliebt hat. Aber eine Mörderin?" Er schüttelte den Kopf. „Niemals."

„Sie war stinksauer, als Yasi sich in Max verliebt hat. Ausgerechnet ihre beste Freundin!" Olivia unterstrich ihre Worte mit einer ausladenden Geste und hätte dabei fast die Cola vom Tisch gefegt, die die Kellnerin gerade servierte.

„Sie hat doch selbst mit ihm Schluss gemacht“, sagte Fabian.

„Aber sie wollte sich wieder mit ihm versöhnen, nur aus diesem Grund hat sie doch die Party veranstaltet.“

„Dann müsste sie eher auf Max sauer sein und ihn umbringen.“

„Sie liebt Max. Ich weiß, es ist schwer zu verstehen. Aber auf ihre Art liebt sie ihn.“

„Okay, sie war eifersüchtig. Gekränkt von mir aus. Enttäuscht. Ich war auch enttäuscht, als meine allererste Freundin mich wegen eines anderen sitzen gelassen hat. Und eifersüchtig. Stinkwütend! Aber ich wäre nie auf die Idee gekommen, sie deshalb umzubringen. Oder ihn.“

„Du nicht. Aber manche Menschen kommen auf eine solche Idee. Sonst gäbe es ja keine Morde.“

„Manche lassen sich im Streit hinreißen und ermorden jemanden im Affekt. Aber das war ein kaltblütig geplanter Mord. Und dafür braucht es ein stärkeres Motiv als Eifersucht wegen einer Liebe, die ...“ Fabian schnaubte, „... die austauschbar ist. Immerhin ist Lisa längst mit dem Lessiak zusammen, also hat sie sich rasch über Max’ Verlust getröstet.“

„Philip ist für sie doch nur ein Mittel, um Max eifersüchtig zu machen. Ich kann mir nicht vorstellen, dass sie sich in diesen Streber verliebt hat.“

„Letzten Freitag habe ich die beiden knutschend im Hofgarten gesehen. Lisa hat Philip angehimmelt. Und kein Max weit und breit, wegen dem sie dieses Schauspiel hätte veranstalten sollen.“

Olivia seufzte. „Schon möglich, dass es Lisa inzwischen nicht mehr um Max geht. Sie war nie ein Kind von Traurigkeit. Aber das ändert nichts daran, dass Yasi ihr nach ihrem Empfinden den Freund ausgespannt hat. Was für eine Demütigung! Und Lisa hasst nichts so sehr wie Demütigungen."

Fabian sah einem Rauchfaden nach, der vom Nachbartisch herüberwehte. Er schwieg.

„Ich weiß ja, dass es sich ungeheuerlich anhört. Aber …"

„Also gut, sagen wir, es wäre möglich und Lisa hätte Yasi ermordet." Er schlug mit der flachen Hand auf den Tisch. „Dann erklär mir bitte, wieso sie es ausgerechnet deinem Vater in die Schuhe schieben wollte! In euer Haus einzusteigen war ja kein kleines Risiko."

„Aus demselben Grund. Weil sie sich von Jay gedemütigt fühlte. Nach Yasis Triumph beim Schulkonzert hat Lisa sich ein Lob erwartet. Schließlich hat sie als Klavierbegleiterin zu Yasis Erfolg beigetragen." Olivia nahm einen Schluck Cola. „Aber Jay hat sie vor allen Leuten blamiert. Er hat ihr vorgeworfen, dass sie Yasi durch ihre unberechenbaren Tempowechsel fast aus dem Takt gebracht hätte. Und dass in ihren spärlichen Begleitakkorden zu viele falsche Töne waren. Nur weil Yasi souverän reagiert hat, ist alles gut gegangen."

„War sie wirklich so schlecht? Dann wird sie die Kritik doch nachvollziehen können, oder?"

„Du kennst Lisa nicht. Sie ist talentiert, aber faul. Und ihre Ohren filtern die eigenen Fehler heraus. Sie war jedenfalls stinkwütend auf Jay. Sie hat ihn sogar am nächsten Tag angerufen, um ihm ihre Meinung zu sagen."

Fabian saß mit gerunzelter Stirn da und starrte in sein Glas.

„Lisa wusste als einzige von meinem Noteinstieg durchs Kellerfenster, weil ich ihr auf der Party davon erzählt habe. Und der Schuhabdruck passt von der Größe her auch. Sie hat Schuhnummer 43."

„Angenommen sie war's. Und ist bei euch eingestiegen, um Yasis Kette in den Putzeimer zu legen. Dann muss sie vorher schon mal eingestiegen sein, um diese komische Bronzefigur zu klauen. Woher kannte sie die überhaupt? Oder glaubst du, sie hat nachts euer ganzes Haus nach einem geeigneten Gegenstand durchsucht?"

„Sie war sehr oft mit Yasi im Unterricht. Nicht jede Woche, aber vielleicht jede zweite. Und auch mal extra bei Proben. Da hat sie die Figur sicher gesehen. Und natürlich auch das Gedicht."

Fabian stützte seinen Kopf in die Hand und brummelte etwas von „Alles Blödsinn".

„Ich glaube, ich weiß, wie es war", sagte Olivia. „Am Donnerstagabend findet das Konzert statt. Jay demütigt Lisa. Am Freitag schmeißt sie eine Party. Zweite Demütigung durch Yasi und Max. Am Samstag schmiedet sie Rachepläne. Sie steigt in der Nacht auf Sonntag oder Montag durchs Kellerfenster ein und lässt den Paganini mitgehen." Olivia trank einen Schluck Cola. „Am Montagabend erschlägt sie damit Yasi, in der Nacht auf Mittwoch legt sie Yasis Halskette in unsere Abstellkammer, in der Hoffnung, dass Marianne sie findet." Olivia sah

Fabian gespannt an. „Sie kennt sich bei uns im Haus gut aus und weiß vieles. Auch, dass Marianne jeden Mittwoch zum Putzen kommt."

„Sei mir nicht böse, aber ich glaube, du verrennst dich da in was. Dein Plan mag ja halbwegs aufgehen. Aber so viel Aufwand wegen ein bisschen gekränkter Eitelkeit? Da müsste Lisa eine Psychopathin sein."

Olivia zuckte mit den Schultern.

„Außerdem kann ich mir nicht vorstellen, dass es eine Frau war."

„Ha!" Olivias Finger klopften einen Trommelwirbel auf die Tischplatte. „Das ist wieder mal typisch. Von wegen Männer kommen vom Mars, Frauen von der Venus. Warum sollten wir weniger Mordpotential haben als ihr?" Sie schüttelte erbost den Kopf. „Außerdem ist Lisa kräftig. Und schlau. Manchmal sogar verschlagen."

„Ich dachte, sie ist deine Freundin."

„Das war sie auch, bisher. Aber sie hat sich sehr verändert. Seit dem Schulkonzert ist sie wie ausgewechselt." Olivia strich sich eine Haarsträhne hinters Ohr. „Genau genommen hat sie sich seit der Sache mit ihrem Bruder verändert. Manchmal würde ich gern in ihren Kopf schauen, weil ich nicht nachvollziehen kann, was da drin passiert." Sie tippte sich an die Stirn.

„An Lisas Bruder kann ich mich gut erinnern. Er war auch auf dem Goethe-Gymnasium, zwei Klassen über mir. Sein Tod muss ein ziemlicher Schock für sie gewesen sein. Ich kann mir vorstellen, dass es ihr immer noch zu schaffen macht, obwohl sie es ziemlich gut überspielt. Aber warum sollte sie deshalb zur Mörderin werden?"

„Keine Ahnung. Vielleicht hat das irgendwas bei ihr ausgelöst? Ich weiß es wirklich nicht. In letzter Zeit gab es immer öfter Situationen, in denen mir aufgefallen ist, dass ich Lisa nicht einschätzen kann. Dass ich einfach nicht weiß, wie sie tickt."

„Was hast du jetzt vor?"

„Lisas Schuhe überprüfen. Sie hat Lieblings-Turnschuhe, die ziemlich neu sind und die sie ständig trägt. Ich muss die Sohle mit dem Abdruck am Fensterbrett vergleichen."

„Und wie willst du das machen? Zu ihr nach Hause spazieren und fragen, ob sie dir mal eben ihre Schuhe borgt, damit du sie als Mörderin überführen kannst?"

„Natürlich nicht. Ich habe noch keinen Plan." Olivia schüttelte ärgerlich den Kopf. „Mensch! Genau! Beim Turnen könnte es klappen. Dass mir das nicht eher eingefallen ist!"

„Ist dir klar, dass die meisten Turnschuhe ein ähnliches Profil haben? Glaubst du, dass das als Beweis genügt?"

„Nein, da hast du recht. Ich brauche auch sonst mehr Informationen über Lisa. Ob sie ein Alibi hat zum Beispiel."

„Und wie willst du das herausfinden?"

„Ich könnte Philip ausfragen. Wenn es stimmt, dass die beiden zusammen sind, dann weiß er vielleicht was." Olivia rieb sich die Nase. „Er ist ein Geigenschüler von Jay. Und zwar ein sehr ehrgeiziger. Stell dir vor, er entschuldigt sich, wenn er nicht mehr als fünf Stunden üben kann. Täglich, wohlgemerkt." Olivia grinste. „Da sein Unterricht in nächster Zeit ausfallen wird, könnte ich ihm sagen, dass Jay eine Nachricht für ihn hinterlassen hat. Zum Beispiel, dass er ein neues Stück lernen soll. Ich könnte Philip bitten, vorbeizukommen und ihm die Noten geben. Und bei der Gelegenheit bringe ich das Gespräch ganz nebenbei auf Lisa."

„Ganz nebenbei fragst du ihn, was Lisa letzten Montag zwischen 19 Uhr und 19:30 gemacht hat? Da wäre ich gern dabei." Fabian lachte.

„So plump bestimmt nicht. Mir wird schon noch was einfallen", sagte Olivia trotzig. Er war heute keine große Hilfe.

„Ich halte es für eine Schnapsidee."

„Hast du eine bessere?"

„Noch nicht. Aber es muss etwas geben, was wir übersehen haben. Irgendeinen Hinweis. Wir müssen von vorne …"

„Jay wird alt und grau in seiner Zelle, wenn wir immer wieder von vorne anfangen. Da bleibe ich lieber bei meinem Plan."

„Tu, was du nicht lassen kannst. Ich wette, du bist auf dem Holzweg. Ich werde auf alle Fälle morgen mit Max reden. Heute war er zum ersten Mal wieder in der Schule. Vielleicht weiß er was Wichtiges."

Olivia schüttelte den Kopf. Sie konnte sich denken, was dabei rauskommen würde. Rein gar nichts. Es ärgerte sie, dass Fabian ihren Argumenten nicht folgen wollte.

„Ich muss dann gehen“, sagte sie.

„Ich dachte, du hast erst um drei Turnen.“

„Muss vorher noch nach Hause, hab was vergessen.“

Fabian winkte der Kellnerin und wollte bezahlen.

„Heute lade ich dich ein“, sagte Olivia bestimmt.

„Kommt nicht in Frage.“ Fabian zückte seine Geldtasche. Doch Olivia hatte schon einen Fünfeuroschein in der Hand und gab ihn der Kellnerin.

„Stimmt so“, sagte sie. Und an Fabian gewandt: „Hast du ein Problem mit emanzipierten Frauen?“

Er schnappte nach Luft. „N ...nein. Natürlich nicht.“

„Dann ist es ja gut.“

Sie winkte kurz mit der Hand und huschte hinaus. Als sie von der Tür aus einen letzten Blick auf ihn warf, saß er immer noch mit offenem Mund am Tisch. Mit seinem Gipsarm sah er aus wie ein flügellahmer Vogel.

# 32

So schnell sie konnte, radelte sie nach Hause.

„Hab was vergessen", rief sie Henriette zu, die den grauen Fleck auf der Hausmauer überpinselte.

Olivia nahm ein leeres Marmeladenglas, füllte eine Handvoll Gartenerde hinein, die sie zwischen ihren Fingern fein verkrümelte. Dann mischte sie ein bisschen Wasser dazu und schüttelte das Ganze, bis es einen schönen Matsch ergab. Sie schraubte den Deckel auf das Glas und packte es zu ihren Sportklamotten in den Rucksack. Auch das Lineal und einen Zeichenblock steckte sie ein und flitzte los in die Schule.

Als sie die Garderobe betrat, hatte es bereits geläutet. Die anderen waren schon im Turnsaal und warteten auf die Liebenfels. Während Olivia sich in Rekordzeit umzog, musterte sie die Schuhreihen. Lisas Treter stachen heraus, es war das größte Paar Schuhe weit und breit.

Olivia schaffte es um Haaresbreite in den Saal, ehe die Liebenfels kam, die nichts so sehr hasste wie Unpünktlichkeit.

Wie immer mussten sie zuerst im Kreis rennen, während die Liebenfels das Tempo auf einem Tamburin vorgab.

Olivia lief heute betont langsam und schwerfällig,

obwohl sie zu den sportlichsten Mädchen in der Klasse gehörte. Immer weiter ließ sie sich zurückfallen. Schließlich blieb sie stehen und fasste sich an den Kopf.

Die Tamburinschläge rissen ab. „Was ist los, Olivia?"

Olivia verzog den Mund und versuchte leidend auszusehen. „Mir ist schlecht."

„Möchtest du nach Hause gehen?"

„Ja, bitte."

„Sabrina, du begleitest sie."

Wenn die Liebenfels 30 Klimmzüge von Sabrina verlangt hätte, hätte deren Gesichtsausdruck nicht entsetzter sein können. *Sie hat wohl Angst, ich könnte sie unterwegs erschlagen. Wie es sich für die Tochter eines Mörders gehört.*

„Schon gut, das schaffe ich schon alleine", sagte Olivia rasch.

„Ja dann, wenn du meinst. Gute Besserung!"

Die Tamburinschläge setzten wieder ein, wurden schneller. Mit hängenden Schultern schlurfte Olivia hinaus. Als sie an Sabrina vorbeikam, zeigte sie ihr den erhobenen Mittelfinger, natürlich so, dass die Liebenfels es nicht sah.

Kaum war die Turnsaaltür hinter ihr ins Schloss gefallen, atmete Olivia tief durch. Sie riss ein Blatt Papier aus ihrem Zeichenblock und legte es auf den Boden, daneben das Lineal. Dann nahm sie das Marmeladenglas aus ihrem Rucksack und schmierte die matschige Pampe auf die Sohle von Lisas rechtem Schuh. Den Überschuss streifte sie mit einem Taschentuch ab. Sie drückte den Schuh auf das Papier. Mist! Der Abdruck war verwischt. Es war immer noch zuviel Matsch auf der Sohle. Sie wiederholte die Prozedur auf einem neuen Blatt. Besser.

Als nächstes legte sie das Lineal neben den Sohlenabdruck, rückte es zurecht, zückte das Handy und schoss eine Serie von Fotos aus unterschiedlichen Blickwinkeln.

Die Kontrolle ergab, dass fast alle Aufnahmen gelungen waren. Volltreffer!

Olivia sammelte die Blätter mit den Fußabdrücken ein und wollte Lisas Schuh wieder an seinen Platz stellen, als die Garderobentür aufgerissen wurde.

„Was machst du denn da?", fragte Mel. „Ich dachte dir ist schlecht!"

„Schlecht? Äh nein, ich wollte nur nicht mehr turnen."

Mel fixierte den Schuh, den Olivia noch immer in der Hand hielt.

„Ist das Scheiße, was du da auf unsere Schuhe schmierst? Hast du sie eigentlich noch alle?" Mels Stimme schraubte sich in die Höhe. „So eine Sauerei!"

„Das ist nur ein bisschen Erde. Und Wasser."

„Glaubst du, wir können was dafür, dass sie deinen Vater eingelocht haben? Willst du dich deshalb an uns rächen und uns Scheiße in die Schuhe tun?"

Wenn Mel so weiterschrie würde bald die Liebenfels antanzen. Das konnte Olivia jetzt am allerwenigsten gebrauchen.

„Beruhige dich. Es ist keine Scheiße. Und es ist nur Lisas rechter Schuh. Ich brauche den Schuhabdruck für eine … für eine Überraschung." Das war nicht einmal gelogen.

„Nur Lisas Schuh?", fragte Mel misstrauisch. „Ach so", sagte sie schließlich. „Auf Lisas Schuh kannst du so viel Scheiße schmieren wie du möchtest. Wenn du willst helfe ich dir sogar dabei." Sie grinste. Lisa und sie, die beiden Zickenqueens der Klasse, waren seit langem beste Feindinnen.

„Danke, nicht nötig. Ich komme schon klar." Olivia stellte den Schuh ab, verstaute die Blätter in ihrem Rucksack und zog sich um. Sie verließ das Schulgebäude so schnell wie möglich. Nicht, dass ihr noch jemand in die Quere kommen und unangenehme Fragen stellen würde.

Zu Hause setzte sie sich an den PC und lud alle Fotos vom Handy hoch. Sie öffnete ein Bildbearbeitungsprogramm und verglich die neuesten Aufnahmen mit denen vom Fußabdruck am Fensterbrett.

Fehlanzeige. Totale Fehlanzeige. Das Profil hätte nicht unterschiedlicher sein können. Auch die Sohlenform stimmte nicht überein. Lisas Schuh war vorne runder und ein wenig breiter.

*So ein Mist.* Tränen der Enttäuschung stiegen in ihr hoch. Sie war sich so sicher gewesen! Alles hatte gestimmt. Vielleicht hatte Fabian doch recht und sie war auf dem Holzweg? Vielleicht machte sie sich nur was vor, weil sie nicht wahrhaben wollte, was für die Polizei auf der Hand zu liegen schien: dass ihr Vater der Schuldige war?

Sie schlug mit der Faust auf den Tisch. Nein. So schnell durfte sie nicht aufgeben. Vielleicht gab es eine einfache Erklärung für ihren Fehler. Vielleicht hatte Lisa andere Schuhe angehabt, um durchs Kellerfenster einzusteigen?

*Los, denk nach!*

Am Abend von Yasis Ermordung hatte es geschneit, noch dazu ziemlich heftig. Äußerst ungewöhnlich für Oktober. Über Nacht war der Schnee liegen geblieben. Lisa hatte bestimmt ihre Winterstiefel angezogen, um die neuen Turnschuhe im Schneematsch nicht zu ruinieren. Natürlich! Jetzt fiel Olivia wieder ein, dass Lisa auch am Mittwoch Winterstiefel getragen hatte, als der Schulpsychologe in die Klasse gekommen war. Sie hatte noch das Quietschen von den Gummisohlen im Ohr.

Irgendwie musste sie an Lisas Stiefel kommen. Aber wie? Sie könnte Lisa besuchen, in einem unbeobachteten Moment den Schuhschrank nach dem rechten Stiefel durchforsten und ihn mitgehen lassen.

*Sehr riskant.*

Oder sollte sie den nächsten Wintereinbruch abwarten und wieder auf den Turnunterricht hoffen?

*Dauert zu lange.*

*Philip!* Das war die Lösung. Sie wollte ihn ohnehin über Lisa aushorchen. Nun würde sie ihn zusätzlich um einen kleinen Gefallen bitten.

Die Schülerliste mit Adressen und Telefonnummern, die sie Vent gegeben hatte, war noch immer auf ihrer Festplatte gespeichert.

*Lessiak, Philip, Müllerstraße 22.* Daneben stand eine Festnetznummer. Hatte Philip denn kein Handy? Unglaublich, aber denkbar. Er war ja insgesamt ein komischer Kauz.

Sie wählte.

Nach dem siebten Läuten meldete sich eine Männerstimme. „Dr. Lessiak." Es klang, als versuchte jemand, gleichzeitig zu zischen und zu bellen.

„Guten Abend. Mein Name ist Olivia Harrison. Könnte ich bitte mit Philip sprechen?"

„Harrison? Die Tochter von Jason Harrison?"

Olivia spürte einen Stich Wut. Etwas begann auf kleiner Flamme in ihr zu köcheln. Sie ballte die Fäuste und beherrschte sich. „Ist das ein Problem?"

„Mein Sohn lernt gerade Latein. Oder Griechisch. Jedenfalls möchte ich ihn ungern stören."

*Bullshit. Der arme Kerl muss sich mit zwei toten Sprachen herumschlagen.*

„Es ist wichtig. Es geht um seine Geigenstunde."

„Was soll daran wichtig sein? Wenn es nach mir ginge, hätte er nie Geige gelernt!"

Olivia schnappte nach Luft. Der arrogante Idiot machte sie einen Moment sprachlos.

„Wenn Sie ihm mitteilen wollten, dass die Geigenstunde nicht mehr stattfinden kann, weil Ihr Vater im Gefängnis sitzt, dann werde ich das meinem Sohn gerne ausrichten."

Die kleine Flamme Wut loderte auf und geriet zum Flächenbrand. Olivia kniff sich in den Schenkel, um nicht zu schreien. „Da muss ich Sie korrigieren, Herr Dr. Lessiak", sagte sie mit honigsüßer Stimme, obwohl sie innerlich fast platzte. „Philips Stunde am Freitag findet ganz normal statt. Denn mein Vater ist unschuldig und wird bereits morgen wieder zu Hause sein." Die

Lüge war so haarsträubend und unverschämt, dass sich ihre Fußnägel gekringelt hätten, wenn ihr feuriger Zorn nicht alle anderen Empfindungen lahm gelegt hätte. Ohne Luft zu holen, fuhr sie fort: „Was ich Ihrem Sohn zu sagen habe, ist sehr wichtig für ihn und deshalb möchte ich Sie bitten, ihn jetzt ans Telefon zu holen."

Herr Lessiak antwortete nicht. Sie hörte nur ein Knacksen und Schritte. Gedämpfte Worte, die sie nicht verstand.

„Hallo?", vernahm sie Philips Stimme nach einer halben Ewigkeit. Er klang unsicher und atemlos. „Ist das wahr? Jay ist wieder frei?"

Olivia seufzte. „Nein, das war eine Lüge. Weil dein Vater dich nicht ans Telefon holen wollte und weil er so ..."

„Unverschämt war?", fragte Philip halblaut.

„Ziemlich. Er mag wohl keine Musiker."

„Da hast du leider recht. Er verachtet alles, was mit Musik zu tun hat." Seine Worte hörten sich verbittert an. „Dann habe ich also keine Stunde am Freitag?"

„Nein bestimmt nicht, außer es geschieht ein Wunder."

„Das ... tut mir leid. Für dich. Und für Jay natürlich."

Philip war zwar ein komischer Kauz, aber eigentlich ganz nett. Jedenfalls weit netter als sein schrecklicher Dad.

„Danke. Ich soll dich von Jay grüßen und dir sagen, dass du bei uns vorbeikommen und dir Noten mitnehmen sollst. Er möchte, dass du ein neues Stück einstudierst, während er im ... während er ausfällt."

„Klasse! Und was für ein Stück?"

Olivia biss sich auf die Lippen. Mist! Daran hatte sie nicht gedacht. Sie kannte die Geigenliteratur viel zu wenig, um einen vernünftigen Vorschlag zu machen. Und sie kannte Philip zu wenig. „Ähm ich glaube … warte, gleich fällt es mir wieder ein …" Ein Schwarm von Gedanken schoss kreuz und quer durch ihren Kopf. Philip war ehrgeizig und sehr, sehr fleißig. *Wahrscheinlich mein fleißigster Schüler,* hatte Jay einmal gesagt. *Aber nicht der talentierteste.* Philip hatte Mozart gespielt, als sie in seine Stunde geplatzt war, um Jay ans Telefon zu holen. Und er war bei Yasis Konzert gewesen und hatte sie über den grünen Klee gelobt. Fast geschleimt hatte er, daran konnte Olivia sich erinnern. „Tartini", sagte sie schnell. „Dieses Teufelszeug … Die Teufelstrillersonate. Die sollst du spielen."

„Was? Bist du sicher? Wow, das ist ja geil."

Olivia atmete erleichtert auf. Glück gehabt.

„Kann ich morgen gleich nach der Schule vorbeikommen?", fragte er.

„Geht's um drei? Und magst du lieber Kaffee oder Tee?" Morgen würde Henry erst gegen Abend kommen und Olivia hatte freie Bahn.

„Drei passt prima. Und wenn ich Kaffee bekomme, dann bringe ich was Süßes mit."

„Ich hätte da allerdings noch eine Bitte." Olivia trat nervös von einem Fuß auf den anderen. Jetzt ging es um die Wurst.

„Es ist eine ziemlich ausgefallene Bitte."

„Da bin ich ja gespannt."

„Du bist ja jetzt mit Lisa zusammen, oder?"

„Kann man so sagen. Warum?"

„Lisa besitzt ein Paar Winterstiefel, schwarz, halbhoch, mit Fell gefüttert. Kannst du mir ihren rechten Stiefel mitbringen?"

„Was?"

„Ja ich weiß, das klingt verrückt. Ist eine längere Geschichte. Ich habe einen Onkel in Australien, der ist Vertreter für Outdoor-Bekleidung. Und Lisa wünscht sich schon lange ein Paar Blunnies."

„Bunnies?"

„Nein, Blunnies. Das sind Stiefeletten, wie man sie im australischen Outback trägt. Ich hab auch so ein Paar, um das Lisa mich immer beneidet hat. Mein Onkel kommt uns bald besuchen und könnte welche mitbringen. Ich wollte Lisa damit überraschen, aber ich bin wegen der Größe unsicher."

„Ich kann ja nachsehen und dir ihre Schuhnummer verraten."

„Das nützt nichts. Es gibt die Schuhe auch in verschiedenen Breiten. Am besten wäre es, du bringst mir ihren Winterstiefel, dann mache ich einen Abdruck von der Sohle, scanne ihn ein und maile ihn meinem Onkel. Du bekommst den Schuh auch gleich wieder zurück."

„Und Lisa darf natürlich nichts davon erfahren, weil es sonst keine Überraschung mehr wäre."

„Du hast es erfasst."

„Okay, ich kann es ja versuchen. Aber das wird nicht ganz einfach."

„Ich wäre dir sehr dankbar."

„Ich tu mein Bestes. Dann bis morgen um drei."

„Bis morgen. Ciao, Philip."

Olivia beendete das Gespräch. Sie bemerkte erst jetzt, wie schnell ihr Herz klopfte. Uff, das war ja gerade noch gut gegangen.

# 33

Es klopfte. Rasch zog Olivia den Cäsar aus dem Bücherstapel am Schreibtisch und schlug ihn auf. „Ja?“

Langsam öffnete sich die Tür und Henriette steckte ihren Kopf herein. „Ui, du bist ja fleißig“, sagte sie erfreut. „Da wird Jay sich aber freuen.“

Olivia lächelte gequält. Das schlechte Gewissen drückte. „Ich wollte fragen, ob du Hunger hast. Ich hab eine Kartoffelsuppe mit Kräutern gemacht.“

„Mit einem Rindssuppenwürfel?“

Henriette sah Olivia entrüstet an. „Aber nein. Ich weiß doch, dass du Vegetarierin bist. Ich nehme das sehr ernst.“

„Entschuldige, ich wollte nicht an dir zweifeln. Ich komme sofort.“ Obwohl sie gar nicht hungrig war, durfte sie Henriette keinesfalls enttäuschen.

Die Suppe schmeckte absolut lecker und Olivia schaffte zumindest einen halben Teller voll.

„Stimmt es, dass du morgen erst am Abend kommst?“, fragte sie scheinheilig.

„Ich muss nach München fahren, zu meiner Agentur. Aber ich bin spätestens um halb acht wieder da.“

*Prima. Dann kann ich das mit dem Schuh erledigen und Philip in aller Ruhe über Lisa ausfragen.*

„Ist es ein Problem für dich?“, fragte Henriette

besorgt. „Wenn du willst, versuche ich, den Termin zu verschieben."

„Nein, nein, kein Problem", sagte Olivia schnell. Zu schnell.

„Aha! Daher weht der Wind. Du hast was vor, stimmt's?"

„Nein, überhaupt nicht, ich …" Henriettes Augen waren wie Spiegel so klar, man konnte nicht einfach hineinschauen und dabei lügen. „Ja, du hast recht. Ich habe jemanden zum Kaffee eingeladen."

Henriette lachte. „Aber Olivia! Ich freu mich doch für dich. Du hast so viel mitgemacht in letzter Zeit, so viel Schreckliches ist geschehen. Und jetzt hast du zum ersten Mal einen Freund. Ja glaubst du denn, ich gönne dir das nicht?" Sie schüttelte den Kopf. „Wenn du willst, backen wir gemeinsam einen Kuchen für morgen."

Olivia umarmte sie spontan. „Ich bin so froh, dass es dich gibt, Henry. Aber backen muss nicht sein. Er hat gesagt, er bringt etwas Süßes mit." Dass es sich bei ihrem Besucher nicht um Fabian handelte, wie Henriette glaubte, verschwieg Olivia. Das war zwar keinesfalls okay, aber weniger schlimm als zu lügen.

Ihr Handy fiepte. Fabian. Sie nahm das Gespräch an und zog sich in ihr Zimmer zurück.

„Ja?"

„Hast du Lisas Schuhe schon untersucht?"

„Ja."

„Und? Mach es nicht so spannend."

„Das war leider nichts. Fehlanzeige."

„Siehst du! Ich hab's dir ja gesagt."

„Na toll, du hörst dich an wie Jay. Ich habe mich geirrt, ja, aber nur in den Schuhen. Mir ist nämlich eingefallen, dass Lisa damals ihre Winterstiefel getragen hat."

„Aha. Und jetzt?"

„Jetzt muss ich den Test an ihrem rechten Stiefel wiederholen und Philip wird mir dabei helfen." Sie staunte, als sie die Genugtuung aus ihrer eigenen Stimme heraushörte.

„Ausgerechnet der Lessiak!" Fabian klang alles andere als erfreut. „Das Anwaltssöhnchen."

War er etwa eifersüchtig? „Er kommt morgen Nachmittag, um sich Noten abzuholen. Und dann trinken wir Kaffee und ich frage ihn aus. Er war sehr nett und hilfsbereit."

„Nett und hilfsbereit", ätzte Fabian. „Dabei kann nichts Brauchbares herauskommen. Einmal, weil Lisa es bestimmt nicht war und selbst wenn sie es gewesen wäre, könnte dir der Lessiak auch nicht weiterhelfen. Oder glaubst du, sie hätte ihn in ihre Pläne eingeweiht?"

„Natürlich nicht. Ich hoffe, dass er zufällig was mitgekriegt hat. Eine Bemerkung, die sie gemacht hat. Irgendwas." Olivia ärgerte sich über die Unsicherheit, die Fabian wieder geschürt hatte. Langsam begann sie selbst an ihrer Idee zu zweifeln. „Es ist das einzige, was ich im Moment habe. Ich muss es einfach versuchen."

„Ich verstehe ja, dass du dich daran klammerst. Dann rede halt mit dem Streber, wenn du meinst. Ich werde mich mit Max unterhalten. Vielleicht kommt ja einer von uns weiter."

„Ich halte das einfach nicht aus, dass alle Leute Jay für einen Mörder halten. Dass sie ihn schon verurteilt haben. Das ist so ungerecht!“

„Nicht alle. Du nicht. Und ich auch nicht.“

„Du kennst ihn ja gar nicht!“

„Nein, aber ich kenne dich. Ein bisschen zumindest. Vielleicht sogar besser als du denkst? Jedenfalls vertraue ich deinem Urteil. Und eure Nachbarin glaubt ja wohl auch an deinen Vater und die kennt ihn ziemlich gut, stimmt's?“

„Ja. Henry ist felsenfest von seiner Unschuld überzeugt.“ Mehr als ich, dachte Olivia.

„Dann sind wir schon drei. Wir schaffen das!“

„Danke.“ Fabian konnte so nett sein. So verdammt nett. Olivia schluckte. „Ich muss jetzt Schluss machen“, nuschelte sie und drückte auf die rote Taste. Mit dem Ärmel ihres Pullis wischte sie eine Träne von ihrer Wange.

Sie ärgerte sich über ihre Schwäche.

„Schluss jetzt“, sagte sie laut. „Morgen werde ich etwas Wichtiges herausfinden. Oder mir etwas Neues einfallen lassen.“ Was das sein sollte, davon hatte sie allerdings keine Ahnung.

# 34

Vorsicht! Gefahr ist im Verzug, das kann ich riechen. Ich muss aufpassen, darf mich nicht zu sehr in Sicherheit wiegen.

Obwohl alles nach Plan gelaufen ist und ich fast am Ziel bin. Es hat sich sogar noch besser entwickelt, als ich es für möglich gehalten hätte.

Sie haben in SEINER Vergangenheit gewühlt. Und sind fündig geworden. Eine alte Anzeige ist aufgetaucht. ER muss früher tatsächlich einmal eine Schülerin belästigt haben. Vielleicht ist ER deshalb aus Sydney hierher gezogen?

Diese Anzeige ist jedenfalls ein absoluter Glücksfall, mit dem ich nicht gerechnet habe.

Ich könnte mich also zurücklehnen und mich freuen. Nur noch in warmen Klängen baden. In Symphonien von Brahms. Im Violinkonzert von Tschaikowsky.

Aber ein Misston hat sich eingeschlichen. Wie ein giftiger Dorn steckt er in meinem Trommelfell und macht mich mürbe.

SEIN Gör hat angerufen.

Was will sie von mir?

Was führt sie im Schilde?

Warum lockt sie mich mit einem Vorwand in SEIN Haus?

Ich muss vorsichtig sein. Sehr vorsichtig.

Der Misston wird schärfer. Er wächst sich zu einer Melodie aus. Zu einer Saxophonmelodie, mehr ins Mundstück gerülpst als geblasen. Ich erkenne sie, obwohl sie vollkommen verzerrt klingt. Es ist ein Stück aus der Dreigroschenoper. Jetzt fällt mir auch der Text dazu ein:

*Und der Haifisch, der hat Zähne*
*Und die trägt er im Gesicht.*
*Doch MacHeath, der hat ein Messer*
*Und das Messer sieht man nicht.*

Vielleicht ist es ein Zeichen? Eine Anregung!

Ich werde Blaubeermuffins zum Kaffee mitbringen. Mädchen mögen Blaubeermuffins.

Und ein Messer, das man nicht sieht.

*Doch wenn zuviel du wüsstest über mich,*
*müsst ich mein Messer zücken, dessen Stich*
*dir dann ins Herz fährt, bis es ganz verstummt.*
*Auf keine Geige wirst du mehr gespannt,*
*und sieh, der Bogen fällt dir aus der Hand.*
*Hast ausgesummt!*

# 35

Der Vormittag wollte kein Ende nehmen. Olivia erlebte ihn wie in Trance. Die Mitschüler schnitten sie nach wie vor. Ausgerechnet Lisa war die einzige, die mit ihr redete.

*Lisa.* In der großen Pause kam sie auf Olivia zu.

„Ich habe meine Eltern gefragt, ob du bei uns wohnen könntest. Vorübergehend. Solange Jay … du weißt schon."

Olivia war wie vom Donner gerührt. Sie starrte Lisa an und brachte keinen Pieps heraus.

„Ich meine, du kannst ja schlecht alleine bleiben. Also meine Eltern wären einverstanden. Die würden sich sogar freuen." Lisas blaue Scheinwerferaugen blickten sie ohne zu blinzeln an. Die reinste Unschuld. Dass sie sich so verstellen konnte!

„Das ist sehr nett, aber ich … es …", Olivia schnappte nach Luft, „ich meine, es ist nicht nötig. Henry ist da. Unsere Nachbarin. Sie kocht und sie schläft auch bei uns."

„Henriette, die Nette", sagte Lisa. „Tja dann. Schade."

*Die traut sich was. Das schlägt dem Fass ja den Boden aus.* Konnte man wirklich so abgebrüht sein?

„Was machst du heute Nachmittag? Hast du Lust, mit mir Shoppen zu gehen?"

Olivia spürte, wie ihre Wangen heiß wurden. „Geht leider nicht", stammelte sie. „Hab schon was vor."

Lisa verzog den Mund. „Na dann eben nicht. Wahrscheinlich bist du noch sauer. Ich weiß, dass ich mich blöd benommen habe. Ich hatte eine Stinkwut auf deinen Vater. Und auf Yasi und Max und dich. Eigentlich auf die ganze Welt." Mit einer nachlässigen Handbewegung warf sie ihre blonde Mähne zurück. „Aber was passiert ist, tut mir sehr leid. Dass Yasi tot ist, kann ich eigentlich noch immer nicht richtig begreifen." Sie drückte tatsächlich eine Träne aus ihrem Augenwinkel. „Und dass sie Jay eingesperrt haben, das ... das ist ja vollkommen verrückt. Ich hoffe, sie finden bald den Richtigen. Das wollte ich dir nur sagen." Damit drehte Lisa sich um und ließ Olivia stehen.

Sagenhaft. An der war eine Schauspielerin verloren gegangen. Ob sie etwas ahnte und herausfinden wollte, wie viel Olivia wusste?

Während der restlichen Schulstunden schwankte sie zwischen der Gewissheit, dass ihr dieser Tag bahnbrechende Erkenntnisse liefern würde und der Ahnung, dass sie sich bloß was vormachte und das Treffen mit Philip sie um keinen Schritt weiterbrächte.

Zuhause hatte Henriette eine Portion Champignonragout mit einem Semmelknödel für Olivia vorbereitet. Sie wärmte das Essen in der Mikrowelle. Obwohl es verführerisch duftete, brachte sie nicht mehr als einen Löffel voll hinunter.

Dann durchsuchte sie Jays Notenschrank nach Tartinis Teufelstrillersonate. Ihr Herz blieb fast stehen, als sie das Werk zwischen *Strawinsky* und *Tschaikowsky* nicht finden konnte, obwohl Jay seine Noten alphabetisch geordnet hatte. Fieberhaft sah sie alle Bände durch und entdeckte es schließlich zwischen zwei Sonatenheften von Johann Sebastian Bach. Sie atmete auf. Jay sollte ihr bloß keinen Vortrag mehr über Ordnung halten.

Sie legte die Noten auf den Küchentisch. Dann sah sie aus dem Fenster, wusch sich die Hände, sah aus dem Fenster, bereitete alles für den Kaffee vor, sah aus dem Fenster und lief schließlich im Flur auf und ab wie eine eingesperrte Tigerin. Bis es klingelte.

Philip war pünktlich auf die Sekunde.

Er hielt ihr zwei Tüten hin. Aus einer duftete es nach Vanille, aus der anderen müffelte es käsig.

„Muffins!", rief sie erfreut aus.

„Und Lisas Stiefel", ergänzte er. „Zum Glück musste ich nicht lange danach suchen. Lisa hat übrigens nichts gemerkt."

„Du bist Spitze! Komm rein, ich mache uns Kaffee."

Philip setzte sich auf die Küchenbank und summte eine Melodie, die Olivia bekannt vorkam.

Sie schaltete die Kaffeemaschine ein. „Das ist der Tartini, nicht wahr?"

Das Summen brach ab. „Die hochvirtuose und gefürchtete Teufelstrillersonate", sagte Philip.

„Dann freust du dich also darauf, die als nächstes zu spielen?"

Das Handy in Olivias Hosentasche begann zu vibrieren. Sie fischte es heraus. Fabian. Schlechtes Timing! Sie drückte den Anruf weg und legte das Handy auf die Anrichte.

„Ich finde, wir sollten jetzt Klartext reden“, sagte Philip.

Olivia starrte ihn an. „Was meinst du?“

„Warum hast du mich wirklich herbestellt?“

„Das weißt du doch. Wegen der Noten.“

Er verzog den Mund. „Netter Versuch. Aber du hast einen Fehler gemacht. Niemals hätte Jay mir diese Sonate aufgegeben.“

„Woher willst du das wissen?“ Olivia nahm die beiden Muffins aus der Tüte, legte sie auf einen Teller und stellte ihn auf den Tisch.

„Ich habe ihn vor wenigen Wochen danach gefragt, weil ich das Stück immer schon spielen wollte. Er meinte, es sei viel zu schwer für mich. Mir fehle die Lockerheit, die Yasi hatte. Und ohne Lockerheit würde ich die Sonate zu Tode üben. Zersägen, hat er gesagt.“ Philip klang bitter.

„Dann hat er seine Meinung eben geändert.“ Olivias Wangen brannten. Bestimmt konnte man den Schwindel an ihrer Gesichtsfarbe ablesen.

„Hat doch keinen Sinn, weiter zu lügen.“

Sie biss sich auf die Lippen. „Also gut. Du hast recht.“

Die Kaffeemaschine hatte ihr Zischen, Brodeln und Fauchen beendet. Olivia goss die schwarze Brühe in zwei Becher und stellte einen vor Philip hin.

„Das mit dem Tartini habe ich erfunden. In Wirklichkeit geht es um Lisa.“ Zumindest das stimmte, dachte sie.

Philip biss in seinen Muffin.

„Ich mache mir Sorgen um sie. Sie ist so verändert seit Yasis Tod."

Er schluckte. „Und was hat das mit mir zu tun?"

„Du bist doch ihr neuer Freund. Ich wollte dich fragen, was Lisa so macht, wie es ihr geht. Sie lässt mich ja nicht an sich heran. Da dachte ich, die Noten wären ein guter Vorwand, um mit dir ins Gespräch zu kommen." Von ihrem Verdacht konnte sie ihm beim besten Willen nichts erzählen.

„Und der Stiefel? Wozu brauchst du den?"

„Das war keine Lüge. Das mit der Überraschung stimmt wirklich." Olivia holte ein Schälchen, in dem sie bereits Erde und Wasser angerührt hatte und ein Blatt Papier, wie um ihre Antwort zu bestätigen. Dann strich sie die Sohle des Stiefels mit der Pampe ein und machte einige Abdrücke auf das weiße Blatt.

Philip sah interessiert zu.

„Den besten Sohlenabdruck scanne ich ein. Mein Onkel kann dann die richtige Größe bestimmen."

Sie wusch den Dreck von der Sohle und stellte den sauberen Stiefel wieder in die Plastiktüte zurück.

„Fertig. Danke, den kannst du wieder mitnehmen."

„Okay, das glaube ich dir. Und was willst du jetzt genau wissen?"

„Einfach nur, was Lisa so macht. Seht ihr euch täglich? Geht ihr abends aus? Oder sitzt sie alleine zu Hause herum?"

Philip setzte zu einer Antwort an, als das Festnetztelefon im Flur klingelte.

„Entschuldige bitte", sagte Olivia und ging hinaus.

Sie nahm den Hörer ab. „Olivia Harrison. Hallo?"

„Guten Tag. Mein Name ist Heribert Weiner. Könnte ich bitte mit Jason sprechen?" Der Mann redete Schweizer Dialekt.

Olivia schluckte. „Tut mir leid. Mein Vater ist nicht zu Hause." Gab es tatsächlich noch Leute, die nicht wussten, dass Jay im Knast saß?

„Wann kommt er denn wieder? Dann rufe ich später an."

Der Typ las vermutlich keine Zeitungen. „Er ist für einige Zeit verreist. Ich weiß nicht genau, wann er wieder kommt."

„Eine Konzertreise? Sehr schön."

„Kann ich ihm was ausrichten?"

„Sind Sie seine Tochter?"

„Ja. Und wer sind Sie?" Langsam verlor sie die Geduld.

„Ich bin ein Kollege Ihres Vaters, wissen Sie? Und ich bin Juror im Wettbewerb um das Bartlmä-Messner-Stipendium."

„Ach, das Stipendium! Dann sind Sie der berühmte Professor Weiner." Jetzt fiel Olivia ein, wo sie den Namen Weiner schon mal gehört hatte.

„Na ja, so berühmt bin ich auch wieder nicht. Aber der Schüler Ihres Vaters, der wird es einmal weit bringen. Der wird einmal ein ganz Großer."

„Welchen Schüler meinen Sie?"

„Na der, den Ihr Vater für das Stipendium vorgeschlagen hat. Philip Lessiak heißt er."

Olivia hielt das Telefon dichter ans Ohr. Sie musste sich verhört haben. Yasi war doch von Jay für das Stipendium vorgeschlagen worden.

„So ein Talent wie diesen Lessiak hört man nicht alle Tage. Das Finale von der Teufelstrillersonate, also einfach grandios, sage ich Ihnen. Ich habe das Stück schon von den bedeutendsten Virtuosen unserer Zeit gehört, aber da kommt nicht so leicht jemand heran. Keine Anne-Sophie Mutter, kein Gidon Kremer, ja nicht einmal die größten Barockgeiger haben mich damit so berührt."

„Aber Sie verwechseln da etwas", sagte Olivia. „Yasemin Gökdal hat die Teufelstrillersonate gespielt, nicht Philip Lessiak. Die Aufnahme ist von ihr."

„Nein, da täuschen Sie sich. Philip Lessiak steht in Jasons Empfehlungsschreiben."

Der kleine schmutzige Fleck an der Wand, auf den sie starrte, begann zu kreisen. Sie musste sich abstützen. Der Gedanke, der in ihrem Kopf aufblitzte, war so ungeheuerlich, dass sie ihn nicht zulassen konnte.

„Also richten Sie Ihrem Vater bitte einen lieben Gruß von mir aus. Die endgültige Entscheidung über das Stipendium ist zwar nicht von mir alleine abhängig, aber ich bin sicher, meine Kollegen sehen das genauso. An diesem Lessiak führt kein Weg vorbei. So ein Talent gehört gefördert."

„Danke, ich werde es ihm ausrichten", sagte Olivia wie in Trance.

„Auf Wiederhören, Fräulein Harrison." Es klickte. Professor Weiner hatte eingehängt.

Olivia stand starr da und hielt immer noch den Hörer in der Hand, als wäre sie zu einer Eisskulptur mutiert. Sie konnte sich nicht bewegen, konnte nichts tun. Nur in ihrem Kopf ging die Post ab. Gedanken jagten einander wie streitende Hyänen.

Das Stipendium war der Schlüssel. Jays Empfehlungsschreiben. Und sie hatte es sogar geträumt, aber nicht verstanden.

*Philip war's. Er hat Yasi getötet. Er hat Jay in den Knast gebracht.*

*Und er sitzt in unserer Küche.*

# 36

Professor Weiner. Sie hat Professor Weiner gesagt. Stipendium. Teufelstrillersonate.

Spätestens jetzt weiß sie alles. Vielleicht war sie bisher tatsächlich ahnungslos. Vielleicht ist es ihr wirklich nur um Lisa gegangen. Ich hätte ihr die Nummer abgekauft.

Aber jetzt, jetzt weiß sie es.

Verdammter Mist! Wieso musste dieser Professor anrufen? Bisher lief es wie am Schnürchen. Doch der alte Knacker hat alles zerstört.

Ich habe diese ewigen Schwierigkeiten so satt. Ich habe es satt, immer im letzten Moment Pech zu haben.

Stopp. Ganz ruhig. Ich habe kein Pech. Pech wäre es gewesen, wenn Weiner später angerufen und ich nichts davon mitbekommen hätte.

Ich habe Glück. Und ich habe alles unter Kontrolle.

Dieses Stipendium lasse ich mir nicht wegnehmen. Niemand zerstört mir meinen Lebenstraum.

Sie ist zur Bedrohung geworden. Sie muss weg.

Ich werde sie ein bisschen mit dem Messer kitzeln, bis sie die Schlaftabletten freiwillig schluckt. Auch ohne Abschiedsbrief wird jeder davon ausgehen, dass es Selbstmord war. Und jeder wird Verständnis dafür haben, dass ein junges Mädchen sich aus Kummer über die Gräueltaten ihres Vaters das Leben nimmt.

Schrecklich, werden die Leute sagen.

Was für ein armes Kind!

Was für ein grausamer Schicksalsschlag!

Sie werden Tränen vergießen an ihrem Grab, viele Tränen.

# 37

Endlich fiel die Lähmung von ihr ab. Sie legte den Hörer auf und dachte fieberhaft nach. Vielleicht hatte Philip nichts von dem Telefonat mitbekommen?

Aber die Küchentür stand offen und sie hatte nicht besonders leise gesprochen. Wenn er also mitgehört hatte, dann wusste er jetzt, dass sie es wusste.

Panik schlug über ihr zusammen. Todesangst.

*Wer einmal gemordet hat, wird nicht zögern, es nochmals zu tun. Er hat nichts mehr zu verlieren.*

Sie musste die Polizei verständigen. So leise wie möglich. Und danach versuchen, ins Freie zu gelangen.

Rasch nahm sie den Hörer wieder zur Hand.

Verdammt, wie lautete der Polizeinotruf?

„Das würde ich an deiner Stelle lassen." Die Stimme klang kalt und schneidend. Olivia wurde grob an der Schulter gepackt und herumgerissen. Der Hörer rutschte ihr aus der Hand.

Ihr Herz raste los, als sie in Philips Augen blickte, die bisher kühl und distanziert, aber freundlich gewirkt hatten. Jetzt las sie Besessenheit darin. Raserei. Wahnsinn? Seine sonst so schön geschwungenen Lippen waren zu harten Linien zusammengepresst.

Sie versuchte sich loszureißen, da sah sie das Messer

in seiner Rechten. Es kam näher. Die Spitze zeigte auf ihren Hals.

Olivia erstarrte.

Jetzt ist es aus, dachte sie. Er wird mich umbringen. Er hat alle Hemmungen hinter sich gelassen.

Sie ahnte den Schmerz des Einstichs schon voraus und wimmerte.

„Los jetzt. Jammern nützt nichts. In die Küche mit dir!"

Warum stach er nicht einfach zu? Hier in der Diele. Warum sollte sie in die Küche gehen?

*Denk nach, Olivia Harrison. Denk nach!*

Er stieß sie vorwärts, dass sie gegen den Türrahmen knallte und sich die Stirn aufschlug.

Sie spürte eine warme Flüssigkeit ins Auge rinnen und blinzelte.

„Pass gefälligst auf! Wir wollen doch nicht, dass du dich verletzt. Das sähe ja aus, als hätte ein Kampf stattgefunden!" Er lachte hämisch.

Wut überrollte sie, eine heiße Welle Wut, die Adrenalin in ihre Adern pumpte und die Angst wegspülte. Ihr Kopf wurde wieder klar.

*Er will mich töten, aber so, dass es wie ein Unfall aussieht. Oder noch besser wie Selbstmord.*

Grund zur Verzweiflung hatte sie ja genug. Und er wäre damit aus dem Schneider.

*Ich muss mit ihm reden. Mit Verrückten muss man reden. Oder funktioniert das nur in Fernsehkrimis?*

Und war Philip überhaupt verrückt?

Bis jetzt hatte er so normal gewirkt. Ehrgeizig zwar,

ein Sonderling; aber doch ein normaler Achtzehnjähriger.

„Was soll das?“, fragte sie. „Was habe ich dir denn getan?“

„Stell dich nicht doofer als du bist.“

Er schob sie in die Küche und drückte sie auf den roten Stuhl. Aus der Tasche seiner Jeansjacke holte er ein braunes Glasfläschchen. Er öffnete es und schüttete den Inhalt auf den Tisch. Sechs runde, weiße Tabletten. Sie konnte die Aufschrift auf dem Fläschchen nicht lesen. Aber bestimmt handelte es sich um ein Schlafmittel.

Mit dem Messerrücken zerdrückte er die Pillen. Das Pulver schüttete er in ein Glas, goss Wasser dazu und rührte die Mischung um.

„Trink das.“

Sie musste versuchen, ihn abzulenken. Und sich im selben Moment losreißen. „Was ist das für ein Zeug?“

„Mutters Traummännlein. Zum Glück hat sie immer einen größeren Vorrat zu Hause. Du wirst sanft entschlafen. Angenehm. Ohne Schmerzen.“ Er lächelte. „Überleg es dir. Ich kann auch anders, aber dann wird es wehtun.“ Sein Lächeln wurde zur Grimasse. Er packte ihr Handgelenk und presste es auf den Tisch, mit der Handfläche nach oben.

Olivia schrie auf. Ihre Adern hoben sich blau von der hellen Haut ab. Mit der Messerspitze fuhr Philip ganz sanft über ihren Unterarm, als wollte er die blaue Bahn nachzeichnen. Es kitzelte. Beim zweiten Mal drückte er fester, aber nicht zu fest. Er ritzte nur ein wenig die Haut. Es blutete kaum.

„Hör auf!“, schrie Olivia. „Bitte!“ Sie verstand. Wenn er ihr die Pulsadern der Länge nach aufschlitzen würde, wäre es schnell vorbei. Und sie könnte nichts dagegen tun.

Ihr Handy surrte los und begann auf der Anrichte zu tanzen. Ob das wieder Fabian war? Sie hatte keine Chance, es zu erreichen, ohne vorher abgestochen zu werden.

„Wirst du jetzt brav trinken?“

Sie nickte. Wie sie ihn ablenken würde, wusste sie jetzt. Aber sie musste Zeit gewinnen. „Wenn du mich schon umbringst, dann möchte ich wenigstens wissen, warum.“

Sie streckte die Hand nach dem Glas aus, umschloss es. Ihre Finger zitterten wie die einer Parkinsonkranken, aber innerlich war sie vollkommen ruhig. Konzentriert. „Sag mir, warum dieser Irrsinn stattfindet, und ich trinke das Zeug.“

„Du weißt zuviel. Du weißt, dass ich Yasi ermordet habe. Deshalb muss ich dich aus dem Weg räumen. Blöd, denn eigentlich mag ich dich. Also nimm es nicht persönlich.“ Er lächelte spöttisch.

„Warum hast du Yasi ermordet? Ging es dir um dieses Stipendium? Also um Geld?“

„Es ist nicht nur das Geld. Obwohl dreißigtausend Euro schon ein ziemlicher Batzen sind. Aber dazu kommt auch das Image, das damit verbunden ist. Ein Bartlmä-Messner-Stipendiat hat schon halb den Fuß im Konzertleben. Er wird eingeladen, darf hier bei einer Vernissage spielen, dort bei einem Kammermusikabend. Und er bekommt einen Studienplatz an einer renommierten

Hochschule. Für mich bedeutet dieses Stipendium alles. Es ist der Schlüssel zum Leben meiner Träume."

„Aber dein Vater ist doch reich, oder nicht? Deine Eltern können es sich leisten, dass du studierst."

„Mein Vater besteht darauf, dass ich Jura studiere. Er hasst Musik. Ein Musiker ist für ihn ein Hanswurst, nicht mehr. Einen Sohn, der Musik studiert, würde er aus dem Haus jagen und enterben."

Er fuchtelte mit dem Messer durch die Luft. „Dass ich Geigenunterricht nehmen durfte, grenzt schon an ein Wunder. Ich verdanke es meiner Mutter, die sich ein einziges Mal in ihrem Leben durchgesetzt hat. Aber sie hat nichts zu sagen. Und seit dem Tod meines Bruders ist sie ohnehin ganz auf Vaters Seite." Philip lachte bitter auf. „Deshalb brauche ich das Stipendium. Damit ich endlich unabhängig bin. Damit ich meinem Vater endlich den Stinkefinger zeigen kann."

„Ich verstehe. Aber wieso willst du, dass Jay dafür büßen muss?"

Philip schnalzte mit der Zunge.

„Weil er mich betrogen hat. Gedemütigt. Maßlos enttäuscht. Ich bin sein ältester und verlässlichster Schüler. Der fleißigste von allen. Mir allein steht das Stipendium zu." Sein Gesicht verzog sich zu einer Fratze. „Aber er hat Yasemin vorgezogen, obwohl sie erst sechzehn war. Dabei hätte sie sich doch beim nächsten Mal um das Stipendium bewerben können. In drei Jahren wird es wieder ausgeschrieben. Ich bin dann zu alt."

Er spießte ein Stück Muffin mit dem Messer auf, steckte es in den Mund und kaute.

„Hast du mit ihm darüber geredet?" Sie musste ihre Sitzposition verändern, um schneller aufspringen zu können.

„Ich habe es versucht. Und dabei habe ich herausgefunden, dass er mir ein Musikstudium nicht zutraut. Ich sei zu verbissen, zu wenig locker. Zu wenig talentiert, meint er." Philip starrte einen Moment an die Wand.

Olivia nützte den Augenblick, um auf ihrem Stuhl nach vorne zu rutschen. Ein kleines Stück.

„Was für eine Enttäuschung! Als er nach eurem Schulkonzert seine Entscheidung verkündet hat, ist für mich eine Welt zusammengebrochen. Meine ganze Welt."

Olivia nickte. Sie arbeitete sich um einen weiteren Zentimeter vor.

„Außerdem musste ich dafür sorgen, dass er mir keinen Strich durch die Rechnung machen kann. Im Gefängnis hat er andere Probleme als dieses Stipendium und von der Entscheidung der Kommission wird er nichts erfahren."

„Und wie hast du es geschafft, dass dein Name auf dem Empfehlungsschreiben steht, das Jay für Yasi aufgesetzt hat?"

„Das war leicht. Als Yasi tot war, habe ich ihren Geigenkoffer mit nach Hause genommen. Im Notenfach fand ich die CD mit der Aufnahme und auch den Brief. Ich habe ihn einfach abgetippt und meinen Namen statt ihrem eingesetzt. Jays Unterschrift zu fälschen, ist keine Kunst. Sind ja nur zwei Schnörkel."

„Dann hast du sicher auch das Gedicht von Rilke abgeschrieben und Jays Initialen daruntergesetzt."

„Du hast es erfasst. Ich kannte es schon auswendig, vom vielen Daraufstarren in meinen Geigenstunden."

„Eines verstehe ich nicht. Wie kommen Jays Fingerabdrücke auf das Gedicht, wenn er es gar nicht geschrieben hat?"

„Denkfehler. Auf dem Gedicht sind sie ja nicht. Nur auf dem Blatt Papier. Und das habe ich in meiner Geigenstunde von dem Block genommen, der immer auf seinem Schreibtisch liegt. Ich habe es zusammen mit der Bronzefigur in meinem Geigenkoffer aus dem Studio geschmuggelt."

Olivia keuchte auf. „Du hast den Paganini einfach in einer deiner Geigenstunden mitgehen lassen?"

„Am Freitag nach dem Konzert. Ich war so verbittert. Den Plan hatte ich mir in der Nacht zurecht gelegt. Dann musste ich mir noch anhören, dass meinem Mozart die Leichtigkeit fehlt. Das, was Yasis Spiel so auszeichnet. Das hat mich noch mehr motiviert."

„Dann sind aber deine Fingerabdrücke auch drauf."

Philip grinste. „Schon mal was von Handschuhen gehört?"

Olivia rutschte noch ein Stück weiter nach vorne, an den Rand der Sitzfläche. „Wie konntest du Jay ablenken? Er verlässt doch kaum einmal den Raum, wenn er ..." Sie stutzte. „Ach ja! Ich erinnere mich. Damals hat Lisa angerufen. In der Zeit hast du die Sachen geklaut, stimmt's?"

„Ja, das war wirklich nett von Lisa. Ehrlich gesagt

mache ich mir nicht viel aus ihr, aber allein für diesen Anruf werde ich ihr ewig dankbar sein."

„Willst du damit sagen, Lisa weiß alles?"

„Gar nichts weiß sie. Ich habe ihr weisgemacht, ich hätte nichts geübt. Sie hatte großes Verständnis dafür, faul, wie sie ist und hat zugesagt, mir mit ihrem Anruf eine kleine Verschnaufpause von mindestens zehn Minuten zu verschaffen."

Olivia hatte inzwischen den äußersten Rand des Stuhles erreicht. Jetzt musste sie sich noch ein wenig zur Seite drehen. „Dann wart ihr also schon vor Lisas Party zusammen?"

„Sagen wir so, nach dem Konzert haben wir uns gegenseitig getröstet und unsere Wunden geleckt. Lisa ist zwar nur eine mittelmäßige Pianistin, aber sie hat eine umwerfende Art, Trost zu spenden." Er grinste dreckig.

Am liebsten hätte Olivia ihm ins Gesicht gespuckt. Sie richtete ihre Füße in die geplante Fluchtrichtung aus.

„Zwei Fragen habe ich noch. Wie bist du in unser Haus gekommen? Und warum hast du Yasis Kette in den Putzeimer gelegt?"

„Ach, du warst das! Du hast sie gefunden! Und ich habe mir den Kopf zerbrochen, warum die Putze nicht die Polizei verständigt hat. Dabei war ich so sicher, dass sie es tun würde."

„Du kennst Marianne?"

„Jeden Freitag macht sie in der Kanzlei meines Vaters sauber."

Natürlich. Wie blöd konnte man sein! Olivia hatte ja

den Namen Dr. K. Lessiak gelesen, als sie Marianne aufgelauert hatte. Nur kombiniert hatte sie nicht.

„Und um deine letzte Frage zu beantworten: In euer Haus bin ich durch das Kellerfenster gekommen, das du netterweise unverriegelt gelassen hast. Nach Lisas Party habe ich dich beobachtet, Olivia. Ich habe gesehen, wie du in den Kellerschacht geklettert und verschwunden bist."

Das Auto vor dem Gartenzaun. Aus dem niemand ausgestiegen war. Sie hatte sich auf dem Heimweg von der Party also doch nicht zu unrecht verfolgt gefühlt.

„So. Jetzt weißt du alles, jetzt wird geschluckt. Komm schon!"

Olivia spannte die Oberschenkel an. Sie griff zum Glas.

Wie in Zeitlupe hob sie es hoch, tat, als führte sie es zum Mund.

Mit einer blitzschnellen Bewegung kippte sie ihr Handgelenk nach außen und schleuderte das Glas in Philips Gesicht. Er schrie auf.

Zugleich war sie aufgesprungen und hatte eine halbe Drehung vollführt. Mit zwei Sätzen erreichte sie die Küchentür, die zum Glück offen stand. Sie spürte, wie Philip nach ihr fasste, sie aber verfehlte und schlug ihm die Tür vor der Nase zu.

Den Fluchtweg hatte sie sich während des Gesprächs zurecht gelegt. Sie hatte sich gegen den langen Weg über den Flur bis zur Haustür entschieden. Denn die Gefahr, dass er sie einholen würde, ehe sie die Tür öffnen konnte, war zu groß. Sie nahm die Treppe in den ersten Stock.

Philip folgte ihr. Doch er war ungelenker, bewältigte die Stufen langsamer. Auf der Treppe fiel er zurück.

Keuchend erreichte sie ihr Zimmer, warf die Tür ins Schloss und sperrte ab.

Sie wollte den Kleiderschrank vor die Tür schieben, doch der war zu schwer. Also rückte sie das Nachtkästchen davor, obwohl es kein nennenswertes Hindernis darstellte.

Dann stürzte sie ans Fenster, riss es auf.

Zuerst kam nur heiße Luft und ein Krächzen aus ihrer Kehle. Aber beim zweiten Versuch gelang ihr ein lauter Hilferuf. Sie schrie, bis sie heiser war.

Nichts rührte sich. Nur das Schimpfen einer Amsel drang an ihr Ohr. Und Verkehrslärm von der Hauptstraße.

Henriette war nicht da. Die übrigen Bewohner des Nachbarhauses arbeiteten vermutlich noch. Und die Häuser auf der anderen Straßenseite waren zu weit weg. Niemand hörte sie. Mist. Sie hätte doch versuchen sollen, zur Haustür zu gelangen.

Wenn sie nur ihr Handy dabei gehabt hätte. Aber das lag auf der Anrichte in der Küche.

Philip hämmerte an ihre Tür, als wollte er sie einschlagen. Und wenn er so weiter machte, würde es ihm zweifellos bald gelingen.

*Ich muss Sting in Sicherheit bringen.*

Sie nahm die große Schachtel, in der sie Krimskrams aller Art aufbewahrte, leerte sie aus und setzte den schlafenden Igel hinein. In den Deckel stach sie Luftlöcher. Sie schob Stings neues Refugium unter ihr Bett.

Für sie selbst blieb nur ein Ausweg. Der Weg, den

Evelyn manchmal nahm, wenn sie es eilig hatte. Aber Evelyn war trotz ihrer Behinderung eine Balancekünstlerin. Und wenn sie fiel, landete sie grundsätzlich auf ihren Pfoten.

Olivia atmete tief durch. Sie zog sich Schuhe und Strümpfe aus und kletterte auf das Fensterbrett.

# 38

Verdammt! Ich habe die Kontrolle verloren.

Wie konnte das passieren? Wie konnte ich mich so übertölpeln lassen?

Sie darf nicht entwischen. Sie quiekt und schreit wie ein gestochenes Ferkel. Wenn jemand sie hört und die Polizei ruft, ist alles aus.

Ich muss sie endlich zum Schweigen bringen und die falschen, schrillen Töne in meinem Kopf ein für alle Mal abtöten.

Ich werde die Tür eintreten. Ich lasse nicht zu, dass SEINE Tochter mir alles kaputt macht, was ich so mühsam aufgebaut habe.

Sie ist schlau. Sie hat mich einmal ausgetrickst, aber das gelingt ihr kein zweites Mal. Es wird ihr alles nichts nützen.

Ein Fußtritt und noch einer.

Und noch einer.

Schon splittert das Holz. Noch ein Tritt.

Jetzt komme ich und du wirst bluten, Olivia Harrison.

Aber … wo ist sie? Wo zum Teufel ist sie hin?

# 39

Besonders hoch war es nicht. Aber wenn sie fiel und Pech hatte, brach sie sich beide Beine. Dann könnte Philip sie einfach aus dem Gras pflücken wie eines der letzten Gänseblümchen, die hier noch blühten. Und alles wäre aus.

Sie musste über den Marillenbaum hinunterklettern, der an der Hauswand bis unters Dach hinauf wuchs. Wenn sie sich in Jays Studio eingeschlossen hätte anstatt in ihrem Zimmer, wäre die Kletterpartie einfach gewesen. Von hier aus stand der Baum zu weit seitlich. Also musste sie sich ein gutes Stück am Spalier entlang hangeln, ehe sie den ersten Ast erreichen konnte. Die Holzlatten sahen zwar ganz manierlich und stabil aus, aber auch ausgesprochen schmal.

Olivia stellte sich mit dem Rücken zum Abgrund. Ihr Blick fiel noch einmal in ihr Zimmer. Sie sah die Tür splittern, sah die Spitze von Philips Schuh durchbrechen. Rasch wandte sie sich ab, schob sich an den äußersten Rand des Fensterbretts. Mit der linken Hand griff sie nach einer Holzlatte. Ihr linker Fuß ertastete eine tiefer liegende Querstrebe. Vorsichtig verlagerte sie das Gewicht darauf. Die Strebe hielt. Sie zog den anderen Fuß nach. Jetzt hing sie am Spalier wie ein übergroßes Insekt im Spinnennetz. Sie versuchte sich in einen

Gecko hineinzuversetzen. Aber leider hatte sie nicht Milliarden feinster Härchen an den Fußsohlen und Handflächen, die diese Echsen sogar über Glaswände klettern ließen.

*Weiter, Olivia Harrison. Schieb dich weiter. Zentimeter für Zentimeter.*

Sie bereute bitter, dass sie vor zwei Jahren das Klettern aufgegeben hatte. Wenn sie noch in Übung wäre, hätte sie den Baum längst erreicht.

Vor lauter Angst, abzurutschen, wurden ihre Hände feucht. Als sie den linken Fuß löste und über die Holzleiste in Richtung Baum schob, spürte sie einen Stich. Vermutlich ein Holzsplitter, den sie sich eingetreten hatte. Sie ignorierte den Schmerz und arbeitete sich immer näher an den rettenden Marillenbaum heran. Noch ein halber Meter. Das Krachen, das aus ihrem Zimmer ertönte, trieb sie zur Eile an. Bestimmt hatte Philip die Tür bald vollends eingetreten.

Olivias Knie begannen zu zittern. Ihre Fingerspitzen fühlten sich taub an, so fest umklammerte sie den schmalen Vorsprung der Holzleiste. Sie brauchte ihre ganze Kraft, um die Balance zu halten.

Hoffentlich brach das Spalier nicht. Endlich ertastete ihr linker Fuß den ersten kräftigen Ast. Er war so dick wie ihr Unterschenkel. Vorsichtig setzte sie die Sohle darauf. Der Ast schwankte, hielt aber stand.

Die Schläge und das Splittern hatten inzwischen aufgehört. Wahrscheinlich stand Philip schon am Fenster. Sie zwang sich, nicht hinzusehen. Sie musste sich beeilen, wenn sie eine Chance haben wollte.

Mit der Linken griff sie nach dem Stamm, um sich festzuhalten.

*Schneller! Nicht so übervorsichtig!*

Sie setzte den zweiten Fuß auf den Ast, auf dem nun ihr gesamtes Gewicht ruhte. Sie spürte eine feine Erschütterung. Als würde der Baum beben.

Der Ast brach. Wie in Zeitlupe riss Faser um Faser mit einem Geräusch, das ihr durch Mark und Bein ging, obwohl es viel leiser klang als das Splittern ihrer Zimmertür vorhin.

Olivia fiel. Sie versuchte vergeblich, nach den vorbeisausenden Zweigen zu greifen. Ehe es ihr gelang, sich zusammenzurollen, kam der Aufprall.

Ihr linker Fuß knickte nach innen. Schmerz fuhr in ihren Knöchel wie glühender Stahl. Und vor ihren Augen wurde es schwarz.

Als sie wieder zu sich kam, wusste sie nicht, wie viel Zeit vergangen war. Stunden? Oder nur zwei Herzschläge? Schnell rappelte sie sich hoch. Und schrie auf. Der linke Knöchel schmerzte höllisch, sie konnte nicht auftreten. Ängstlich sah sie zum Fenster ihres Zimmers hoch. Niemand war zu sehen. Auch im Garten nicht.

Sie musste es bis zum Gartentor und über die Straße schaffen. Da befanden sich Büros und sie konnte Hilfe holen. Wie ein verletzter Vogel hüpfte sie auf einem Bein durch das Gras. Nur noch wenige Meter bis zum Tor. Schweißtropfen liefen über ihre Stirn. Oder war es Blut?

Ein Geräusch ließ sie herumfahren. Die Haustür wurde aufgerissen. Philip. Sein Gesicht eine verzerrte

Maske. In der Rechten hielt er das Messer. Einen winzigen Moment schien er inne zu halten, dann stürzte er mit der Schnelligkeit und Unaufhaltsamkeit einer Lawine auf sie zu.

Verzweifelt hüpfte Olivia weiter. Sie schrie. Ein neuerlicher Schwall Adrenalin tobte durch ihren Körper. Obwohl sie wusste, dass sie keine Chance hatte, trieb die Todesangst sie an.

Das Motorengeräusch, das Quietschen von Bremsen hörte sie, ohne es bewusst zu registrieren. Ihre Aufmerksamkeit war auf Philip gerichtet. Auf ihre Flucht. Jeden Moment musste er sie erreichen, zu Boden werfen, erstechen.

Sie blickte zurück und wunderte sich. Philip hatte die Richtung geändert. Er schlug einen Bogen um sie und stürmte auf den Zaun zu. Olivia traute ihren Augen nicht.

Ein Auto stand plötzlich da. Und jemand mit einem Gipsarm schwang sich gerade über den Gartenzaun.

*Fabian.*

Er hatte keine Waffe. Mit seiner eingegipsten Rechten hatte er keine Chance gegen Philip, der in weniger als einer Sekunde mit ihm zusammenprallen würde.

Sie musste ihm zu Hilfe kommen. Rasch sah sie sich um. Nach einer Gartenhaue, einem großen Stein, nach irgendetwas. Ihr Blick blieb an dem abgebrochenen Ast hängen, der am Boden lag. Ihr Unglücksast. Zu ihm musste sie zurück und mit Hüpfen war sie zu langsam.

Die Angst um Fabian war stärker als der Schmerz. Sie biss die Zähne zusammen und belastete das verletzte

Bein. Je fester sie auftrat, umso besser konnte sie den weißen Blitzen vor ihren Augen entgegentreten.

Sie erreichte den Ast. Packte ihn mit beiden Händen.

Humpelte so schnell wie möglich auf die beiden Kämpfenden zu, die sich inzwischen auf dem Boden wälzten. Sie sah wie Philip sein Messer hob und auf Fabian einstach. Das Messer prallte am Gips ab.

Philip stach noch einmal zu. Jetzt traf er den gesunden Arm. Fabian schrie auf.

„Nein!“ Wut katapultierte Olivia nach vorne.

Philip zog das Messer aus der Wunde, hob es erneut. Zielte auf Fabians Brust.

Da war Olivia hinter ihm. Mit der gesammelten Kraft ihrer Angst ließ sie den Ast auf Philips Schädel niedersausen.

Das Messer entglitt ihm und bohrte sich in den Rasen. Mit einem Seufzen brach er neben Fabian zusammen.

Fabian lebte. Er war bei Bewusstsein. Aber aus der Wunde an seinem Arm schoss Blut. So viel Blut. Im Rhythmus seines Herzschlags spritzte es Olivia entgegen. Der süßliche Geruch ließ Übelkeit in ihr aufsteigen. Sie kämpfte dagegen an.

Fabian war in Lebensgefahr. Sie musste helfen. Dunkel erinnerte sie sich an den Erste-Hilfe-Kurs, den sie in der Schule gemacht hatten.

*Blutung stoppen. Mit einem Druckverband.*

Aber sie hatte kein Verbandszeug. Nichts. Nur was sie auf dem Körper trug. Hastig schlüpfte sie aus ihrem Sweatshirt, legte es zusammen und presste es auf Fabians Wunde.

„Hilf mir!", schrie sie Fabian an, der die Augen schließen wollte. Das riss ihn aus seiner Benommenheit. Er schaffte es, mit seinem Gipsarm den Sweater zu fixieren, bis Olivia ihren Gürtel aus der Hose gezogen und um das dicke Stoffpaket gewickelt hatte. Wie fest musste sie zuziehen? Fest genug, um die Blutung zu stoppen. Aber nicht zu fest. Sonst würde der Arm womöglich absterben.

Lieber fest genug, dachte sie. Fabian keuchte auf.

„Tut mir leid, das muss sein." Er durfte nicht verbluten.

Schon schloss er wieder die Augen.

Olivia gab ihm einen Klaps auf die Wange. „Dein Handy? Wo?"

„Brusttasche", murmelte er.

Sie zog es heraus und setzte einen Notruf ab. Dabei zitterten ihre Finger so, dass sie sich zweimal vertippte. Endlich gelang es.

Wie im Staccato gab sie die Adresse durch.

„Notfall. Messerstecherei. Ein Schwerverletzter. Bitte kommen Sie schnell!"

Als sie das Gespräch beendet hatte, sah sie, dass Philip sich zu bewegen begann. Er stöhnte. Vermutlich würde er bald zu sich kommen und dann hatte sie ein Problem.

Sollte sie ihm noch einmal einen Schlag mit dem Ast verpassen? Nein, sie konnte nicht auf jemanden einschlagen, der wehrlos am Boden lag. Aber untätig dasitzen und warten, bis er aufwachte, konnte sie auch nicht. Sie musste ihn fesseln.

Ihr Blick fiel auf Fabians Gürtel. Ohne mit der Wimper zu zucken öffnete sie ihn und fädelte ihn mit einem kräftigen Ruck aus der Hose.

„Hey“, protestierte Fabian schwach. „Das hätte ich mir romantischer vorgestellt.“ Er grinste.

*Dieser Wahnsinnstyp hat die Nerven jetzt Witze zu machen!*

Zum Glück lag Philip auf dem Bauch. Olivia drehte seine Arme auf den Rücken und schlang den Gürtel um die Handgelenke. Sie zog zu so fest sie konnte und machte einen doppelten Knoten.

Er wehrte sich nicht. Entweder war er noch zu benommen oder sein Widerstand war ein für alle mal gebrochen.

Olivia ließ sich neben Fabian fallen und wartete auf die Polizei. In ihrem Knöchel stach und pochte es. In ihrem kurzärmeligen T-Shirt fror sie. Und sie fühlte sich plötzlich unendlich müde.

Endlich näherten sich Sirenen, Blaulicht kam in Sicht.

*Es ist vorbei. Vorbei.* Komisch, sie konnte keine Freude und keine Erleichterung darüber empfinden. Alle Emotionen schienen verbrannt zu sein. Aufgebraucht von der Angst und der Anstrengung.

Nicht einmal, als sich mit einem Klicken Handschellen um Philips Gelenke schlossen, fühlte sie etwas. Erst als die rothaarige Polizistin, die Olivia schon kannte, Revierinspektorin Grobholz, ihre Uniformjacke auszog und sie Olivia um die Schultern legte, kippte etwas in ihrem Inneren. Und wie auf Kommando liefen Tränen über ihre Wangen und der aufgestaute Druck ließ nach.

„Fettes Kompliment!“, sagte die Grobholz. Ihr Vorname war übrigens Brigitte und ihre Uniformjacke müffelte immer noch. „Das hast du toll gemacht. Dein Vater wird verdammt stolz auf dich sein.“

Olivia beschloss, sie doch zu mögen, jetzt, wo sie das Schlimmste hinter sich hatte.

Ein glatzköpfiger Sanitäter hob sie in den Rotkreuzwagen, in dem Fabian bereits versorgt wurde.

„Du kommst auch mit“, sagte er. „Dein Fuß muss geröntgt werden.“

Fabian hatte inzwischen einen schönen schneeweißen Verband bekommen. Eine junge Ärztin kümmerte sich um ihn. Olivia sah Kanülen, einen Plastikbeutel mit irgendeiner durchsichtigen Flüssigkeit, die in Fabians Körper tröpfelte.

„Wird er es schaffen?“, fragte sie.

„Ganz bestimmt“, erwiderte der Glatzkopf.

Sie atmete auf.

„Wenn du die Blutung nicht gestoppt hättest, sähe es allerdings anders aus. Dann wäre dein Freund vielleicht schon tot.“ Er deutete auf ihr blutiges Sweatshirt, das am Boden lag, und schüttelte den Kopf. „So einen merkwürdigen Druckverband habe ich im Leben noch nicht gesehen.“

Olivia schluckte, als sie das viele Blut auf dem hellen Stoff sah. Fabians Blut.

Der Sanitäter steckte den Sweater in einen Nylonsack und gab ihn ihr. „Den musst du mitnehmen. Nicht jeder hat einen Pulli, der ein Leben gerettet hat.“

# 40

In der Unfallambulanz musste Olivia mehrere Röntgenuntersuchungen über sich ergehen lassen. Der Knöchel war nicht gebrochen, aber sie hatte einen Bänderriss. Ihr Fuß war im Bereich des Sprunggelenks auf die doppelte Dicke angeschwollen. Eine junge Ärztin trug eine kühlende Salbe auf und verband den Fuß. Sie verschrieb Olivia ein Schmerzmittel, das auch eine abschwellende Wirkung hatte und verordnete ihr mindestens sechs Wochen Ruhe.

„Du hast Glück, dass nicht mehrere Bänder gerissen sind, sonst müssten wir operieren. So kommst du mit einer Aircast-Schiene davon."

Olivia musste versprechen, das Bein über Nacht hoch zu lagern und zu kühlen und bei Problemen die Ambulanz aufzusuchen.

Kaum war sie auf Krücken aus dem Behandlungszimmer gehumpelt, kam ihr Vent entgegen.

„Ich muss dich bitten, mitzukommen und eine Aussage zu machen."

„Wie geht es Fabian?"

„Er ist gerade im OP. Die verletzte Arterie muss genäht werden. Wir haben seine Mutter verständigt, die ist schon unterwegs hierher."

Olivia riss die Augen auf.

„Mach dir keine Sorgen, es geht ihm gut. Morgen kannst du ihn besuchen", sagte der Kugelbauch und lächelte zum ersten Mal.

Vents Büro sah ganz anders aus als Olivia es sich vorgestellt hatte. Inmitten eines fröhlichen Chaos bunter Aktenordner thronte ein riesiger runder Kaktus, dessen Stacheln wie Widerhaken geformt waren.

„Der heißt Schwiegermuttersessel", erklärte Vent, als er ihre neugierigen Blicke bemerkte.

„Wunderschön", sagte Olivia.

„Finde ich auch. Aber wir beide scheinen die einzigen zu sein, die so denken. Lindinger hält mich für verrückt und meine Sekretärin schimpft jedes Mal, wenn sie den Kaktus sieht. Dabei hat sie sich erst zweimal daran gestochen."

„Warum nehmen Sie ihn nicht mit nach Hause?"

„Kein Platz. Da stehen schon fünf Geschwister von dem Kerl."

Vent bot Olivia Kaffee an, aber sie wollte nur ein Glas Wasser.

Dann erzählte sie alles.

Was für eine Befreiung, endlich nicht mehr lügen oder irgendetwas verschweigen zu müssen! Sie sprach über ihre Nachforschungen, Lauschaktionen und Beobachtungen. Auch den Fund von Yasis Anhänger im Abstellraum ließ sie nicht aus.

Vent stellte das Aufnahmegerät ab. „Warum hast du dich nicht an uns gewendet? Hast du denn kein Vertrauen zur Polizei?"

„Hätten Sie Vertrauen zu jemandem, der Ihren Vater einsperrt, obwohl der unschuldig ist?“ fragte Olivia und sah ihn ernst an. „Wenn ich Ihnen die Kette gezeigt hätte, wäre Jay um ein paar Tage früher verhaftet worden.“

Vent nickte. „Vielleicht. Ja. Ich verstehe dich schon. Manchmal vertraue ich mir ja selbst nicht“, murmelte er und sah ziemlich zerknirscht aus.

„Werde ich jetzt bestraft?“, fragte Olivia.

„Warum denn?“

„Wegen der Kette. Ich habe ein Beweisstück unterschlagen.“

„Ich weiß nicht, was du meinst. Wir haben in Philip Lessiaks Zimmer Yasemins Geigenkoffer gefunden. Da war das Empfehlungsschreiben deines Vaters drin, das Original, das diesen ganzen Wahnsinn ausgelöst hat. Yasis Kette haben wir auch darin entdeckt.“

Olivia starrte ihn entgeistert an. „Aber …“

Vent legte seinen Zeigefinger an die Lippen. „Musst uns das Ding halt bei Gelegenheit vorbeibringen.“ Er zwinkerte.

Es klopfte. Lindinger schaute herein.

„Hast du …“, fragte Vent.

„… ihn mitgebracht, ja. Soll ich die beiden nach Hause …?“

„Das übernehme ich. Danke, Lindinger. Führ ihn rein.“

Und dann stand Jay im Türrahmen.

Er hatte Ringe unter den Augen und sah blass aus. Aber sein Lächeln war so breit, als wollten die Mundwinkel den Ohrläppchen einen Besuch abstatten.

Olivia schmiss ihre Krücken weg und flog in seine Arme.

Henriette wäre fast in Ohnmacht gefallen, als sie die Tür der Harrisons aufsperrte, zuerst Olivias geschientes Bein und die Krücken sah und dann Jay entdeckte. Sie wurde käseweiß, kurz darauf tomatenrot im Gesicht und musste sich an der Wand festhalten.

An diesem Abend saßen sie bei Tee und belegten Broten um den Küchentisch und das Erzählen nahm kein Ende.

„Eines verstehe ich immer noch nicht", sagte Olivia. „Was war eigentlich mit dieser Anzeige. War die auch gefälscht?"

„Nein." Jay sah ihr in die Augen. „In Sydney ich hatte eine Privatschülerin. Jennifer Newman. Sie war 17, ich 21. Wir haben verliebt uns. Doch ihre Eltern wollten nicht, dass sie heiratet eine Musikstudent. So sie haben mich angezeigt."

„Aber …" Olivia stockte. Jennifer? Bei dem Namen klingelte es.

„Trotzdem wir haben geheiratet. Und die Anzeige wurde zurück … wie sagt man?"

„Zurückgezogen. Dann war sie … meine Mum?"

„Ja, Darling."

Zu Olivias Erstaunen hörte Jay nicht auf zu reden. Zum ersten Mal sprach er freiwillig über ihre Mutter. Er musste sie sehr geliebt haben. Als er von Jennifers Schwimmunfall erzählte und von seinem vergeblichen Versuch, sie zu retten, begriff Olivia zum ersten Mal, warum er in all den Jahren so krampfhaft versucht hatte, die Vergangenheit zu verdrängen. Er fühlte sich immer noch schuldig an Jennifers Tod. Wenn auch völlig zu unrecht.

„In meine Zelle ich habe nachgedacht", sagte er. „Ich habe mich drei Dinge vorgenommen."

„Mir", korrigierte Olivia.

„Ich will eine Deutschkurs machen", sagte Jay.

Sie grinste.

„Und ich will dir meine Heimat zeigen. Nächste Sommer."

„Du meinst, wir fliegen nach Australien?"

Er nickte. „Du hast ein Recht zu kennen lernen deine Ursprung. Und deine Großeltern."

Und was hast du dir als drittes vorgenommen?", fragte Henriette.

„Jennifers Tod annehmen, ich will. Offen sein für die Zukunft." Er sah Henriette auf eine Art und Weise an, die Olivia an Fabian erinnerte. Und sie fragte sich, ob Henry mit dem Mann, in den sie verliebt war, doch ihren Vater gemeint haben könnte. Den Mann, der vergeben war. Vergeben an eine Tote?

Olivia humpelte in ihr Zimmer und ließ die beiden allein. Vielleicht hatten sie einiges zu besprechen.

Obwohl sie erschöpft und todmüde war, lag sie auch in dieser Nacht stundenlang wach.

Nicht aus Angst oder Sorge, sondern weil sie die Koalabären, Kängurus und Kragenechsen, die Emus, Fliegenden Hunde und Pelikane, die Buckelwale, Wallabys und Wombats nicht aus dem Kopf bekam, die sie im Sommer aus nächster Nähe sehen würde.

Und natürlich weil sie an Fabian dachte.

*Hoffentlich geht es ihm gut.*

# 41

Er lag mit geschlossenen Augen da. Wie damals, nach seinem Fahrrad-Unfall. War das wirklich erst acht Tage her? Blass sah er aus. Ein dicker Verband zierte seinen linken Arm. Fast so dick wie der Gips, in dem sein rechter steckte.

Als sie leise näher schlich, öffnete er die Augen und lächelte. Ihr wurde ganz warm dabei.

„Danke, dass du mir das Leben gerettet hast“, sagte sie.

„Du warst wohl im falschen Film! Da wo ich mitgespielt habe, hat die Heldin den Bösewicht mit einem halben Baumstamm außer Gefecht gesetzt, durch ein K.O. auf den ersten Hieb. Ehe er mir sein Messer ins Herz rammen konnte.“ Er schluckte. „Ich glaube, ich bin der, der sich bedanken sollte.“

„Du vergisst nur, dass er das Messer vorher mir hineingerammt hätte, wenn du nicht aufgekreuzt wärst.“

„Und wer hat die Blutung gestoppt?“, fragte Fabian kampflustig. „Und Philip gefesselt? Du hast dich dabei an meinem Gürtel vergriffen.“ Er grinste.

„Ich bin eigentlich viel zu schüchtern, um mich an wehrlosen Männern zu vergreifen“, sagte Olivia. „Aber bei dir mache ich eine Ausnahme.“ Sie beugte sich über ihn und küsste ihn auf den Mund. Es war nur eine flüchtige Berührung. Seine Lippen fühlten sich warm an, sanft, voll. Seine Haut roch nach Zimt.

Ihre Ohrläppchen pulsierten, als sie sich wieder von ihm löste.

Fabian spitzte seine Lippen noch immer, als wollte er dem Kuss nachspüren.

„Warum bist du gestern aufgekreuzt? War das Zufall?", fragte sie, nachdem der aufwühlende Moment verstrichen war.

Fabian drehte an einer Fernbedienung und der obere Teil seines Bettes fuhr in die Senkrechte. „Gestern in der Schule habe ich mit Max gesprochen und ihn gebeten, mir alles über seine letzte Begegnung mit Yasi zu erzählen. Irgendwie war ich mir sicher, dass wir etwas Wichtiges übersehen haben." Er griff zu einem Glas Wasser, das auf seinem Nachttisch stand und trank. „Außer endlosem Händchenhalten und Küssen haben die beiden sich auch über die Zukunft unterhalten. Max hat Yasi von seinen kühnsten Programmierträumen erzählt und sie ihm von ihrem Wunsch, Geigerin zu werden. Und von dem Empfehlungsschreiben, das dein Vater für sie verfassen wollte, damit sie das Bartl-Dingsda-Stipendium bekäme."

„Bartlmä Messner."

„Genau. Laut Max hat sie sich unglaublich darüber gefreut. Aber sie hat sich auch Sorgen gemacht."

„Sorgen? Davon wusste ich gar nichts."

„Sorgen um Philip. Weil sie dachte, dass er wahnsinnig enttäuscht sein würde. Er hat ihr einmal erzählt, dass er fest damit rechnet, dieses Stipendium zu bekommen und dass er seine ganze Zukunftsplanung darauf ausgerichtet hat."

„Ja, das hat er mir auch erzählt", sagte Olivia. „Aber erst gestern, mit dem Messer in der Hand."

„Nach Max' Bericht wollte ich mehr über Philip wissen. Ich habe mir gedacht, während du Philip über Lisa ausquetschst, mache ich es umgekehrt und befrage Lisa über Philip."

„Wie hat sie reagiert?"

„Verwundert zuerst. Sie wollte nicht recht mit der Sprache rausrücken. Ich habe ihr die Wahrheit gesagt. Dass ich Philip verdächtige und du in Gefahr bist. Das hat gewirkt."

Olivia schluckte. „Es tut mir so wahnsinnig leid, dass ich Lisa falsch verdächtigt habe. Ich war eine miserable Freundin."

Fabian räusperte sich. „Nach einigem Zögern hat Lisa mir anvertraut, dass Philip so merkwürdig sei. Kalt wie ein Fisch. Und dass er ständig nur Musik im Kopf habe. Wie ein Besessener."

„Was hat sie eigentlich an ihm gefunden? Streber fallen doch gar nicht in Lisas Beuteschema."

„Sie hat in ihm eine verwandte Seele gesehen. Wie sie hat er vor einigen Jahren seinen Bruder verloren, wenn auch nicht durch Drogen."

„Wie ist sein Bruder eigentlich umgekommen?"

„Philip muss 13 oder 14 gewesen sein, als der Unfall passiert ist. Manuel war um einiges älter. Er hatte jedenfalls schon den Führerschein. Die beiden waren im Auto unterwegs. Manuel muss die Kontrolle über den Wagen verloren haben und gegen einen Baum gekracht sein. Er verbrannte, während Philip mit ein paar Kratzern davon gekommen ist."

„Grauenhaft. Muss ein furchtbares Erlebnis sein."

„Philip soll den Tod seines Bruders wie eine Befreiung erlebt haben. Anscheinend hat Manuel ihn schikaniert und gequält. Lisa glaubt, dass Philip zugesehen hat, wie sein Bruder verbrannte, ohne ihm zu helfen. Sie war sich nicht sicher, aber angeblich hat er so was angedeutet."

„Schrecklich!"

„Ich habe Lisa gefragt, ob Philip sich je über das Stipendium geäußert hat."

„Und?"

„Er hat ihr erzählt, Jay hätte es sich anders überlegt und ihn für das Stipendium vorgeschlagen, da Yasi ja in drei Jahren auch noch jung genug dafür wäre. Er hat ihr sogar das Empfehlungsschreiben gezeigt."

„Wahnsinn."

„In dem Moment wusste ich Bescheid. Ich habe versucht, dich zu erreichen. Nichts. Nach dem dritten unbeantworteten Anruf habe ich es mit der Angst gekriegt und bin losgefahren. Und in meiner Blödheit habe ich weder daran gedacht, die Polizei zu verständigen, noch mir eine Waffe zu besorgen."

„Es ist ja noch mal gut gegangen."

Sie schwiegen. Olivia berührte Fabians Finger. Sie dachte, dass zusammen zu schweigen und sich dabei wohlfühlen zu können fast genauso wichtig war wie ein gutes Gespräch.

„Wie lange behalten sie dich hier?", fragte sie.

„Hängt von der Wundheilung ab. Entweder darf ich morgen nach Hause oder ich muss noch über das Wochenende da bleiben." Er verdrehte die Augen. „Das wird stinklangweilig. Zum Glück kommt die Kripo irgendwann vorbei, um mich zu befragen. Ein gewisser Vent."

„Der ist eigentlich ganz okay. Er hat uns heute um sieben Uhr früh aus dem Bett geklingelt, um mir seinen Kaktus zu schenken."

„Nett von ihm. Nur wird das meine Wundheilung auch nicht beschleunigen", sagte Fabian.

Olivia lächelte. „Wohl kaum. Aber vielleicht weiß ich da ein gutes Mittel", sagte sie und näherte sich seinen Lippen.

Und diesmal küsste sie ihn richtig.

# Zu diesem Roman

Um die Entstehung der *Teufelstrillersonate* von Giuseppe Tartini, der dieser Roman seinen Titel verdankt, rankt sich eine hübsche Anekdote:

Im Jahr 1713 soll Tartini angeblich eines Nachts geträumt haben, er habe einen Pakt mit dem Teufel geschlossen. Als er ihm daraufhin seine Geige überließ, spielte Luzifer eine Sonate von unbeschreiblicher Anmut, Formvollendung und Virtuosität. Wieder erwacht, versuchte Tartini, die teuflisch schönen Klänge nachzuahmen, doch es wollte ihm nicht gelingen. Obwohl die daraus entstandene Sonate nach Tartinis eigener Einschätzung nicht mit der des Teufels mithalten konnte, gilt sie trotzdem als das Beste, das der italienische Geigenvirtuose je komponiert hat und als eines der schwierigsten Werke der Violinliteratur.

# Über die Autorin

Die Autorin Lena Avanzini ist: Innsbruckerin, Marillenkuchenfreak, Brillenschlange, Radfahrerin, Bücherwurm, Geschichtenspinnerin, Nachteule, Grünteetrinkerin, Tastentigerin, Gründerin einer Selbsthilfegruppe zur Erhaltung seltener Unkräuter und vom Aussterben bedrohter Staubmilbenarten, Leseratte, alte Schachtel, Bergbewunderin (bevorzugt von unten), Badewannencallas (mit viel Schaum), Silberfischfreundin und Serienmörderin. Sie mordet am liebsten im heimischen Keller oder in einem gemütlichen Café, manchmal sogar im Zug. Da sie sich in der Wahl der Waffen auf Worte, Tasten, Stifte und Papier beschränkt, ist sie bisher straffrei ausgegangen.
www.lena-avanzini.at